Tucholsky   Wagner   Zola   Scott   Schlegel
    Turgenev   Wallace   Fonatne Sydow   Freud
        Twain   Walther von der Vogelweide   Fouqué   Friedrich II. von Preußen
                    Weber   Freiligrath   Frey
Fechner   Fichte Weiße Rose   von Fallersleben Kant   Ernst   Frommel
                                                          Richthofen
            Engels   Fielding   Hölderlin
    Fehrs   Faber   Flaubert   Eichendorff   Tacitus   Dumas
                                              Eliasberg   Ebner Eschenbach
Feuerbach   Maximilian I. von Habsburg Fock   Zweig
                    Ewald   Eliot   Vergil
        Goethe   Elisabeth von Österreich   London
Mendelssohn Balzac   Shakespeare   Dostojewski   Ganghofer
        Trackl   Lichtenberg   Rathenau   Doyle   Gjellerup
            Stevenson   Hambruch
Mommsen   Tolstoi   Lenz   Droste-Hülshoff
        Thoma   Hanrieder
Dach   Verne   von Arnim   Hägele   Hauff   Humboldt
        Reuter   Hagen   Hauptmann
    Karrillon   Garschin   Rousseau   Gautier
        Damaschke   Defoe   Hebbel   Baudelaire
                         Descartes   Hegel   Kussmaul   Herder
Wolfram von Eschenbach   Dickens   Schopenhauer
            Darwin   Melville   Rilke   George
    Bronner   Grimm Jerome
        Campe   Horváth   Aristoteles   Bebel   Proust
Bismarck   Vigny   Barlach Voltaire   Federer   Herodot
                    Gengenbach   Heine
    Storm   Casanova   Tersteegen   Gilm Grillparzer Georgy
            Chamberlain Lessing   Langbein   Gryphius
Brentano   Lafontaine
    Strachwitz   Claudius   Schiller   Kralik   Iffland Sokrates
        Katharina II. von Rußland   Bellamy Schilling
                              Gerstäcker   Raabe   Gibbon   Tschechow
Löns   Hesse   Hoffmann   Gogol   Wilde   Gleim   Vulpius
    Luther   Heym   Hofmannsthal   Klee Hölty   Morgenstern
        Roth   Heyse   Klopstock   Kleist   Goedicke
Luxemburg   Puschkin Homer   Mörike
                La Roche   Horaz   Musil
    Machiavelli   Kierkegaard   Kraft   Kraus
Navarra Aurel   Musset   Moltke
                        Lamprecht Kind Kirchhoff Hugo
    Nestroy Marie de France
                          Laotse   Ipsen   Liebknecht
    Nietzsche   Nansen   Ringelnatz
        von Ossietzky Marx   Lassalle Gorki   Klett   Leibniz
                May   vom Stein   Lawrence   Irving
    Petalozzi   Knigge
        Platon   Pückler   Michelangelo   Kafka
    Sachs   Poe   Liebermann Kock
        de Sade Praetorius   Mistral   Zetkin   Korolenko

Der Verlag tredition aus Hamburg veröffentlicht in der Reihe **TREDITION CLASSICS** Werke aus mehr als zwei Jahrtausenden. Diese waren zu einem Großteil vergriffen oder nur noch antiquarisch erhältlich.

Symbolfigur für **TREDITION CLASSICS** ist Johannes Gutenberg (1400 — 1468), der Erfinder des Buchdrucks mit Metalllettern und der Druckerpresse.

Mit der Buchreihe **TREDITION CLASSICS** verfolgt tredition das Ziel, tausende Klassiker der Weltliteratur verschiedener Sprachen wieder als gedruckte Bücher aufzulegen – und das weltweit!

Die Buchreihe dient zur Bewahrung der Literatur und Förderung der Kultur. Sie trägt so dazu bei, dass viele tausend Werke nicht in Vergessenheit geraten.

Balduin Brummsel und andere Tiergeschichten

Manfred Kyber

Impressum

Autor: Manfred Kyber
Umschlagkonzept: toepferschumann, Berlin

Verlag: tradition GmbH, Hamburg
ISBN: 978-3-8424-9149-6
Printed in Germany

Manfred Kyber

Balduin Brummsel und andere Tiergeschichten

Tiere haben ihre Komik und ihre Tragik wie wir. Sie sind voller Ähnlichkeit und Wechselbeziehung. Die Menschen glauben meist, zwischen ihnen und den Tieren sei ein Abgrund. Es ist nur eine Stufe im Rade des Lebens. Denn alle sind wir Kinder einer Einheit. Um die Natur zu erkennen, muß man ihre Geschöpfe verstehen. Um ein Geschöpf zu verstehen, muß man in ihm den Bruder sehn.

Ambrosius Dauerspeck und Mariechen Knusperkorn

Der Hamster Ambrosius Dauerspeck war in seinen Bau gerutscht, hatte sorgsam die vollen Backentaschen geleert und die kostbare Getreideladung zu den anderen Vorräten verstaut. Fünf große Speicher hatte er kunstgerecht angelegt und alle fünf bis an den Rand mit Getreide, mit Erbsen und Puffbohnen gefüllt. Es war kaum noch etwas unterzubringen, und mühsam stopfte er mit der Tatze die letzte Beute hinein. Den Rest steckte er unter sein Ruhebett aus weichen Halmen. Es kann einem mal flau werden, dachte er, dann hat man stets eine Kleinigkeit bei der Pfote. Es ist auch gut gegen Schlaflosigkeit, dazwischen etwas zu sich zu nehmen, wenn man im Bett liegt. Dann kroch er nochmals in alle Zugangsröhren seiner Speicher und schnupperte befriedigt in jeden einzelnen hinein.

»Es wird reichen, es wird reichen«, murmelte er und rieb sich die weißen Pfoten, »auch wenn es ein harter Winter wird, ich werde nicht sehr abzunehmen brauchen, ich bin versorgt und werde gut im Stande bleiben. Eine schöne Ernte war das dieses Jahr, gar kein Hagel, Regen zur rechten Zeit, Sonne zur rechten Zeit – eine schöne Ernte.«

Ambrosius Dauerspeck hatte recht. Drei Hamster hätten davon satt werden können. Aber er lebte hier allein, Gott sei Dank, ja, ganz allein, und alle Vorräte würde er allein aufessen können.

Er setzte sich auf sein Ruhebett, streckte wohlig die kleinen Glieder und erholte sich ein wenig. Was muß man sich abrackern, um fett zu bleiben, dachte er, wenn die Leute ahnten, wie schwer Fett verdient ist!

Dann begann er eifrig und behutsam den Boden seiner Wohnung mit den Tatzen zu fegen. Es mußte alles sehr sauber sein; denn Ambrosius Dauerspeck war ein ordnungsliebendes Geschöpf.

Plötzlich stutzte er und spitzte die Ohren. Pfiff da nicht jemand draußen, ganz nahe vor dem Bau? Ambrosius Dauerspeck richtete sich auf den Hinterbeinen auf und ließ die Vorderpfoten spaßhaft hängen, eine etwas tiefer als die andere, knurrte tief und hohl und knirschte unsympathisch mit den Zähnen. Solche Störungen konnten ihn unbeschreiblich ärgern. Überhaupt, er ärgerte sich leicht, obwohl er so fett war. Wieder pfiff es, ganz deutlich und in einer ziemlich unverschämten Weise. Ambrosius Dauerspeck schnupperte besorgt in der Luft, lief zum Eingang, fand ihn in Ordnung, lief wieder zurück, kroch die schräge Ausgangsröhre empor und spähte vorsichtig hinaus.

»So eine Frechheit – Mariechen Knusperkorn!« schrie er erbost, »was fällt denn Ihnen ein, meine wirtschaftliche Tätigkeit durch Ihre albernen Gassenhauer zu stören?«

Jenseits des kleinen Baches, auf einem moosbewachsenen Stein, saß die Feldmaus Mariechen Knusperkorn und pfiff.

»Wenn nicht der dumme Bach zwischen uns wäre«, sagte Ambrosius Dauerspeck giftig, »dann würden Sie nicht einen Augenblick mehr zu leben haben. Aber mich ekelt's vor dem Wasser, und meine weißen Handschuhe tun mir leid.«

»Das weiß ich, ach, das weiß ich«, sagte Mariechen Knusperkorn und verbeugte sich mehrfach, »wenn der Bach nicht wäre – es ist ein tiefer Bach, lieber Herr Dauerspeck, ein sehr tiefer Bach – nie hätte ich sonst gewagt, mich so nahe vor die Nase Euer Gnaden zu setzen. Ach, ich arme Maus! Alles verfolgt mich, und man will doch auch leben – ach, ich arme Maus!« klagte sie und wischte sich ein paar Tränen aus den Augen mit dem Schnauzentuch aus einem Wegerichblatt.

»Das ist kein Grund zum Heulen«, schrie Ambrosius Dauerspeck, »ich habe noch ganz andere Sorgen. Warum setzen Sie sich hierher und pfeifen frivole Melodien? Arbeiten Sie lieber!«

»Frivole Melodien?« jammerte die Maus, »mir ist nicht nach frivolen Melodien zumute, ich kenne auch gar keine, nur einige alte trostreiche Lieder für diese kummervolle Zeit. Ich pfeife bloß aus Hunger, lieber Herr Dauerspeck, aus reinem Hunger – ach, ich arme Maus, ich arme Maus!« Das Schnauzentuch trat erneut in Tätigkeit. Die will noch betteln, dachte Ambrosius Dauerspeck und zog sich unwillkürlich etwas zurück. »Ja, ja, wer hat heute nicht zu klagen? Schlechte Zeiten, schlechte Zeiten«, murmelte er und kratzte sich sorgenvoll den Kopf mit der Tatze.

»Ach, lieber Herr Dauerspeck«, sagte Mariechen Knusperkorn und faltete beweglich die Pfoten, »ich bin so sehr hungrig, der Herbst ist da, und die Felder sind leer. Unterstützen Sie mich und schenken Sie mir ein paar Getreidekörner aus Ihren vollen Speichern!«

»Was?« schrie Ambrosius Dauerspeck wütend, »volle Speicher? Bei mir? Sie sind wohl um Ihr bißchen Mausverstand gekommen, Mariechen Knusperkorn? Ich habe selbst nichts im Hause, nicht ein Korn, nicht eine Erbse, nicht eine einzige Puffbohne. Ich kann den Winter einfach verhungern und an den Pfoten schnullen! Noch nie gab es eine so schlechte Ernte wie dieses Jahr, alles ist verhagelt, alles!«

»Ach, ich arme Maus, ich arme Maus!« klagte Mariechen Knusperkorn.

»Warum haben Sie denn nicht selbst Vorräte gesammelt, Sie törichte Person?« fauchte Ambrosius Dauerspeck sie an.

»Ich kann doch nicht so viel forttragen wie Sie, mein lieber Herr Dauerspeck«, sagte Mariechen Knusperkorn, »ich kann doch nur mühsam eine Kornähre mit den Pfoten fassen, und auf dem Heimweg geht über die Hälfte der Körner verloren. Sie haben doch die schönen Backentaschen, wo so viel hineingeht. Sie haben doch zwei richtige Markttaschen im Gesicht.«

»Schöne Markttaschen«, knurrte Ambrosius Dauerspeck, »das sind keine Markttaschen, mein liebes Mariechen Knusperkorn. Das sind eingefallene Wangen, jawohl, weil ich seit Wochen nichts Kräftiges mehr gegessen habe. Mein ganzes Fell hängt in Falten an mir herunter!« Er strich sich klagend mit der Tatze über den dicken Magen und hüstelte kummervoll in die hohle Pfote.

»Sie sehen gar nicht so mager aus«, sagte Mariechen Knusperkorn, »außerdem sagten Sie doch eben, daß die Ernte verhagelt sei. Wie sollte ich dann Vorräte sammeln?«

»Ach, Unsinn, Mausgeschwätz«, schrie Ambrosius Dauerspeck, »nichts ist verhagelt, es gab noch nie eine so schöne Ernte wie dieses Jahr.«

»Aber dann sind Ihre Speicher doch sicher ganz gefüllt, und Sie könnten mir ein paar armselige Körner schenken, wenn es doch eine so schöne Ernte war.«

»Schöne Ernte«, brummte Ambrosius Dauerspeck, »bei anderen war es eine schöne Ernte, aber nicht bei mir. Auf meinen Feldern ist gar nichts gewachsen. Ein Landwirt hat nie eine schöne Ernte. Wenn das Getreide Sonne braucht, regnet es, und wenn die Puffbohnen Regen brauchen, scheint die Sonne, und sie verdorren. Bei mir ist alles verdorrt, was nicht verregnet ist, und alles verregnet, was nicht verdorrt ist, und was nicht verregnet und nicht verdorrt ist, das ist verhagelt! Machen Sie, daß Sie fortkommen, Mariechen Knusperkorn, bei mir ist nichts zu holen!«

»Ach, ich arme Maus, ich arme Maus!«, klagte Mariechen Knusperkorn und schluchzte beweglich durch die Schnauze. Jeden hätte es erbarmt, nur nicht Ambrosius Dauerspeck, denn bei ihm waren alle solchen Regungen verdorrt, verregnet und verhagelt.

»Übrigens«, sagte er bedenklich und richtete sich mißtrauisch auf den Hinterbeinen auf, die eine Vorderpfote etwas höher als die andere, »es raschelt da so eigentümlich um Sie herum. Sind Sie am Ende nicht allein? Es kommt mir was verdächtig vor bei Ihnen, Mariechen Knusperkorn.«

Die Maus legte beteuernd die Pfote an die Brust. »Ich – ich bin ganz allein«, sagte sie, »wie sollte ich wohl nicht allein sein? Ich habe niemand, der sich um mich kümmert, keine Familie, gar nichts – ach, ich arme Maus, ich arme Maus!«

»Sie haben keine Familie?« sagte Ambrosius Dauerspeck, »das ist doch eine geradezu fellsträubende Behauptung! Sie haben eine so zahlreiche Familie, daß Sie sich selbst nicht mehr durchfinden können. Sie tun doch nichts anderes als sich vermehren, es ist ja scheußlich, nur zuzusehen, wie Sie alle paar Wochen neue Kinder kriegen. Ein anständiges Geschöpf wie ich kriegt seine Kinder im Frühling, und dann ist Schluß – dann zieht man sich auf sich selbst zurück und kümmert sich um seine Wirtschaft. Kein Wunder, daß euch alle fressen, wo ihr euch so vermehrt.«

»Ach, lieber Herr Dauerspeck«, klagte die Feldmaus,»das ist doch bloß Familiensinn, daß wir uns vermehren; denn wenn wir uns nicht so vermehren würden, gäbe es bald keine Mäuse mehr.«

»Das wäre ein großes Glück«, schrie Ambrosius Dauerspeck,»Mäuse schmecken zwar gut, aber sie fressen einem auch das Getreide und die Puffbohnen fort, die ganze schöne Ernte, die nur für die Hamster da ist.«

»Es war doch gar keine schöne Ernte«, meinte Mariechen Knusperkorn,»und außerdem finde ich – es ist eine Taktlosigkeit, jemand zu sagen, daß er gut schmeckt, wenn man sich friedlich mit ihm unterhält. Doch ich will nicht nachtragend sein, und ich will auch nichts geschenkt haben. Wenn Sie mir aber eine Puffbohne geben, sage ich Ihnen, wo noch ein ungemähtes Getreidefeld ist.«

Ambrosius Dauerspeck fuhr ruckartig in die Höhe.»Ist das auch wahr?« fragte er und zog die Nase in mißtrauische Falten.»Es raschelt übrigens schon wieder so sonderbar um Sie herum.«

»Natürlich ist es wahr«, beteuerte Mariechen Knusperkorn,»ich wäre selbst schon lange hingegangen, aber für eine arme schwache Maus ist der Weg zu weit, es ist eine gute Stunde von hier, und das halten meine kleinen Pfoten nicht aus. Darum und aus reiner Nächstenliebe verrate ich Ihnen die kostbare Stelle, bloß für eine Puffbohne, weil ich so hungrig bin.«

»Das hätten Sie auch gleich sagen können, ohne mich so lange aufzuhalten«, meinte Ambrosius Dauerspeck und tauchte in seiner Behausung unter.

Mariechen Knusperkorn pfiff leise durch die Zähne, und um sie herum raschelte es von lauter Mäusen.

Ambrosius Dauerspeck erschien baldigst wieder, mit einer Puffbohne in der Tatze.»Wo ist die Stelle?« fragte er vorsichtig.

Mariechen Knusperkorn wies mit der Pfote den Weg.»Hier links hinunter, immer am Bach entlang, immer gerade weiter, dann rechts, dann gerade, dann wieder links, dann rechts, dann links – wo die vielen Birken stehen, dort ist das Feld, lauter dicke schwere Körner. Aber Sie müssen immer links vom Bache bleiben, ja nicht rechts, wo die Brücke von Steinen ist, die auf meine Seite über den

11

Bach hinüberführt, das wäre eine ganz falsche Richtung, in der Sie nur in die Irre gehen. Kehren Sie auch nicht zu zeitig um, eine gute Stunde müssen Sie schon auf den Weg rechnen.« Ambrosius Dauerspeck warf Mariechen Knusperkorn die versprochene Puffbohne zu. »Ich werde das Feld schon finden – es raschelt aber doch wieder so sonderbar um Sie herum«, murmelte er und verschwand im Dickicht.

*

Bald darauf setzten unzählige Mäuse der Familie Knusperkorn auf der Brücke von Steinen über den Bach und eilten in Ambrosius Dauerspecks fünf gefüllte Speicher. Fast eine Stunde brauchten sie, um ihre Beute fortzuschleppen. Nur wenig blieb verstreut am Boden liegen. »Eine schöne Ernte war das dieses Jahr«, sagte Mariechen Knusperkorn, »gar kein Hagel, Regen zur rechten Zeit, Sonne zur rechten Zeit – eine schöne Ernte.«

Ambrosius Dauerspeck gebrauchte diesen Winter eine unfreiwillige Entfettungskur, die ihm gesundheitlich vorzüglich bekam, aber seine Gesinnung ganz verdarb. Denn er hatte seitdem nur noch den einen Gedanken, Mariechen Knusperkorn aufzufressen. Doch Mariechen Knusperkorn war umgezogen – unbekannt wohin.

Mutter

In einem Heukorb oben auf der Dachkammer lag eine Katzenmutter mit zwei Katzenkindern. Die Kinder waren erst vor wenigen Tagen zur Welt gekommen, und sie waren noch sehr hilflos – kleine Pfoten hatten sie, die immer ausrutschten, und unverhältnismäßig große Köpfe mit blinden Augen, die sich suchend im Magenfell der Mutter vergruben. Sehr sonderbar sahen sie aus. Aber die Katze fand sie über die Maßen schön, denn es waren ja ihre Kinder – das eine grau und schwarz getigert, wie sie selbst, eine Schönheit also, wie man wohl ohne falsche Bescheidenheit sagen durfte – das andere ganz der Vater, der bunt war, mit eleganten weißen Hosen und weißen Handschuhen und einem Tupf auf der Nase, und der so gefühlvoll sang. Wie hatten sie beide so herrlich zusammen gesungen an den ersten Märzabenden im Garten, zweistimmig, viele hübsche Lieder ... Sehr begreiflich, daß diese Kinder mit den kleinen rutschenden Pfoten und den großen Köpfen so prachtvolle Geschöpfe geworden waren, nicht nur Katzen, was an sich schon der Gipfelpunkt ist, wie jeder weiß, nein, Katzenkinder, wie sie die Erde noch nicht gesehen! Stolz reckte sich die Katzenmutter in die Höhe und betrachtete liebevoll schnurrend die kleinen Wunder ihrer Welt. Hier diese angenehme Bodenkammer schien übrigens in jeder Hinsicht der richtige Ort zu sein, still und ungestört. Ein weicher heugefüllter Korb, warm und überaus geeignet für die ersten Kletterversuche, viel Gerümpel ringsherum, voller Spannungen und Entdeckungsmöglichkeiten, freundlich vom Maimond beleuchtet, der durch die Fenster lugte, weite Flächen zum Spielen, und dann – welch ein berühmtes Mausrevier, welch ein weites Gebiet zur sachgemäßen Ausbildung der beruflichen Fähigkeiten!

»Ich sollte doch selbst mal ein wenig nach Mäusen sehen«, sagte die Katze, »die Kleinen schlafen, und eine Ablenkung würde mir guttun, Kinderpflege ist angreifend, und mir ist auch so, als hätte ich einen beachtenswerten Appetit.«

Die Katze erhob sich vom Heulager, beleckte schnell noch einmal ihre Kinder und strich dann auf leisen Sohlen, schnuppernd, an Kisten und Körben entlang. Es hatte doch, auch wenn man allmählich etwas in die Jahre gekommen war, immer noch etwas angenehm Aufregendes, so nach Mäusen zu schnüffeln. Und jetzt – raschelte da nicht jemand? Roch es nicht so erbaulich nach Mäusen? War das nicht der feine Duft, unverkennbar für eine kätzliche Nase? Noch einige vorsichtige Schritte, auf Samtpantoffeln – niemand machte ihr das nach –, und dann stand sie vor einem Mäusenest, in dem zwei kleine nackte Junge lagen.

Bloß Junge? dachte die Katze, da wären die Samtpantoffeln überflüssig gewesen, die können weder laufen noch sehen. Es lohnt überhaupt kaum, zwei kleine Bissen, weiter nichts. Aber man kann ja immerhin, zur Stärkung sozusagen ...

Sie wollte zupacken. Aber etwas in ihr redete.

»Sie können weder laufen noch sehen, ganz wie deine Kinder. Sie sind völlig hilflos, und die Mutter wird wohl tot sein. Sie sind so hilflos wie deine Kinder, wenn du nicht da bist. Es ist wahr, daß es Mäuse sind, aber es sind kleine Mäuse, sehr kleine, es sind Kinder – nicht wahr, du weißt es, was Kinder sind?«

Es war die Mutterliebe, die redete, und in ihr redete die Alliebe, ihr künftiger Geist. Er kann nur reden in einer Mutterliebe, die sehr groß ist, so groß wie die Mutterliebe einer Katze, denn sie ist eine der größten.

»Nicht wahr, du weißt es, was Kinder sind?« fragte die Stimme.

Die Katze beugte sich herab, faßte die eine kleine Maus vorsichtig mit den Zähnen und trug sie in ihren Heukorb. Dann ging sie zurück und holte das andere Junge. Sie nahm beide an die Brust und säugte sie, mit ihren zwei Katzenkindern zusammen.

Die kleinen Mäuse waren schon halb erstarrt, aber sie erwärmten sich sehr bald im Magenfell der Katze. Sie waren halb verhungert, aber sie sättigten sich bald an der Brust der Katze. Sie fühlten sich völlig geborgen bei einer Mutter und ahnten es nicht, daß diese Mutter eine Katzenmutter war. Wie sollten sie das wissen? Sie waren blind und hilflos. Über ihnen lag schützend die krallenlose, weiche, samtene Katzenpfote.

Die Katzenkinder wuchsen, und die Mäusekinder wuchsen, beide öffneten die Augen, und das erste, was beide sahen, war die gleiche Mutter und die gleiche große Mutterliebe.

Sie waren Kinder, und sie spielten miteinander, und die Maisonne sah zum Fenster herein und spielte mit. Und sie wob einen goldenen Schein um den Kopf der Katzenmutter.

Es ist dies eine wahre Geschichte. Sie ist nur klein, und doch ist sie sehr groß. Es ward eine neue Welt in ihr geboren von einem kleinen Geschöpf und in einer ärmlichen Dachkammer. Es wird auch nicht immer so sein, noch lange nicht; aber es ist ein großes Ereignis, daß dies geschehen ist. Die Gesetze der alten Welt sind stark und schwer, aber sie werden überwunden, Stufe um Stufe, denn die Alliebe ist eine lebendige Kraft in der Seele dieser Erde. Langsam, sehr langsam wird die neue Welt aus der alten geboren, und das geschah schon oft in einer ärmlichen Dachkammer, und die Menschen wußten nichts davon. Die Menschen wissen so wenig, und am wenigsten wissen die, welche am meisten zu wissen meinen. Sie wissen auch nicht, ob Tiere beten. Aber ich glaube, daß auch Tiere in ihrer Not eine Macht anrufen, die über ihnen ist – und wenn die Katze bitten würde, die Mutter Gottes würde sie vor allen anderen erhören. Die Maisonne wußte, was die Menschen nicht wissen. Denn sie wob einen goldenen Schein um den Kopf der Katzenmutter.

Die Eintagsfliege

Die Eintagsfliege entschlüpfte dem Wasser, kroch langsam ans Ufer und reckte die feinen Flügel in der Junisonne. Eine Lebensform war beendet, eine andere begann. Wie ein ferner Traum verblaßte in ihr das Dasein als Larve, ein Dasein voll Raubgier und Hunger, beschwert und gefesselt durch die Dichtigkeit des Wassers. Etwas Neues begann, etwas immer Erahntes und doch erst heute Wirkliches. Leichtigkeit und Licht waren die ersten Frohgefühle dieser Wandlung, und Sinn des Lebens waren nun die blitzenden Schwingen in blauer Luft und goldenem Sonnenschein. Frei von dem, was sie einst selber war, lockte das neue Dasein sie zum Sylphentanz im Äther für ein ganzes, langes Leben von Morgen, Mittag und Abend – und flugfroh zitterten ihre Flügel, bereit zum Aufstieg in die durchsonnte Unendlichkeit.

An einer sumpfigen Stelle des Wassers, dem die Eintagsfliege zu neuem Leben entstiegen war, hockte ein dicker grüner Frosch und sah mit erheblichen Augen und völlig andersgearteten Gefühlen auf das seltsame Geschöpf.

Das ist eine fette Person, die muß ich unbedingt aufessen, dachte er, und sein reichlich bemessener Mund klappte appetitvoll auf und zu. Langsam und vorsichtig schwamm er näher, mit der Übung des beruflich Ausgebildeten.

Die Eintagsfliege dehnte wieder die Flügel und streckte die Glieder. Irgendeine Schwere war noch zu überwinden, schien es ihr, und plötzlich, einem unbewußten Willen folgend, kroch sie aus sich heraus, häutete sich und stand nun, neugeboren in jedem einzelnen Glied bis auf die federnden Schwingen, vor ihrer eigenen Maske, dem Abguß dessen, was sie gewesen und nun nicht mehr war.

»Nanu?« sagte der Frosch, »jetzt hat sich die fette Person verdoppelt. Das ist ja unerhört. Am Ende werden es noch drei? Welche ist fetter? Welche esse ich?« murmelte er und blieb unbeweglich sitzen, mit der ganzen Geduld des reifen und erfahrenen Frosches.

Am Uferrand pilgerten eine Ameise und ein Käfer. Es wanderten auch sonst noch an diesem schönen Junitage viele mehrbeinige Leute umher; aber diese beiden hatten sich zu einer zwanglosen

Unterhaltung zusammengefunden. Natürlich hatte die Ameise sich vorher genau vergewissert, daß der Käfer Vegetarier war. Man weiß ja bei dieser vielfältigen und beinreichen Familie nie, ob es nicht gerade jemand ist, der Ameisen verspeist – die Fühler zittern einem, wenn man es nur ausspricht –, und unterhalten kann man sich überhaupt erst in Ruhe, wenn man sorgsam geprüft hat, wer wen frißt. Aber dies hier war ein harmloser Pilger in einfachem braunen Kleide, ein wohlwollender Getreidekäfer.

»Ich muß immer so viel denken, wenn ich pilgere«, sagte der Käfer, »geht es Ihnen nicht auch so? Es ist alles so merkwürdig.«

»Das ist eine ganz ungesunde Lebensauffassung«, meinte die Ameise, die mühsam einen Strohhalm mit sich schleppte, »man muß tätig sein und immer das Staatswohl im Auge haben, das rein Praktische, wissen Sie.«

»Es kommt aber doch auf gewisse Punkte an«, sagte der Käfer, »diese Punkte sind eben das, worüber man unbedingt nachdenken muß. Ich bin, zum Beispiel, sehr bescheiden gekleidet, wie Sie gewiß bemerkt haben; aber ich habe auch Punkte auf meinen braunen Flügeln, sehen Sie, hier – und hier – drei Punkte.«

Er zeigte mit dem einen Vorderbein rückwärts auf seine Flügeldecken.

Dem Frosch quollen die Augen. Sollte da neue Nahrung angekrochen kommen? Was verschluckt man nun? Wie ist das Leben doch verwickelt!

»Schauen Sie bloß«, sagte die Ameise und zeigte mit dem Fühler auf die Eintagsfliege und ihre zurückgelassene Haut, »da sitzt jemand und sitzt noch einmal da! So etwas ist mir noch nicht vorgekommen.«

»Erstaunlich, sehr erstaunlich«, sagte der Käfer, »man wird die Punkte suchen müssen, die hier aufzuklären sind. Es muß doch einen Punkt geben, von dem aus man ...«

»Ach, hören Sie auf mit Ihren Punkten«, sagte die Ameise, »das muß man praktisch betrachten, volkswirtschaftlich. Das eine muß die Person sein, das andre die Garderobe. Die Garderobe bewegt sich auch gar nicht, und die Person wackelt mit den Flügeln. Es muß eine leichtsinnige Person sein, so bewegt man die Flügel nicht in anständiger Gesellschaft. Aber diese Ähnlichkeit, welche die Garderobe mit der Person hat! Nein, so etwas ist mir doch noch nicht vorgekommen, und dabei habe ich den staatlichen Eierkursus durchgemacht und bin geprüfte Larvenpflegerin.«

Im kleinen Käfer regte sich eine große Ahnung. Hatte er nicht auch einmal so in der Enge einer Larve gesessen, und dann war er frei geworden, frei, mehrbeinig und mit Punkten? Wie war das bloß gewesen?

»Mir ist doch so, aber ich weiß nicht, wie – mir ist aber wirklich so, nur kann ich mich nicht darauf besinnen«, sagte er und kratzte sich nachdenklich den Kopf mit dem Fühler.

»Das muß ich ergründen«, sagte die Ameise energisch, »ich gehe schnell mal hinüber, bewachen Sie so lange mein Beingepäck!«

Die Ameise lief eilig zur Eintagsfliege.

Dem dicken Frosch, der noch immer zusah, traten die Augen sozusagen aus ihren Ufern.

»Sie interessieren mich volkswirtschaftlich«, sagte die Ameise, »sind Sie das hier noch einmal, oder ist das Ihre Garderobe?«

»Ich weiß nicht«, sagte die Eintagsfliege, »es ist etwas von mir, was unwesentlich war. Was ich selbst bin, fliegt in ein Leben von Sonnenschein.«

»Machen Sie nicht solche Phrasen«, sagte die Ameise, »es handelt sich hier um eine volkswirtschaftliche Frage, die sich vielleicht unseren staatlichen Prinzipien nutzbar machen läßt. Wovon leben Sie?«

»Von Luft, Licht und Sonne«, sagte die Eintagsfliege.

»Das ist Schwindel«, sagte die Ameise, »davon kann man einen Tag leben, nicht länger.«

»Ich lebe auch nur einen Tag«, sagte die Eintagsfliege, »einen Morgen, einen Mittag und einen Abend. Das ist endlos, gar nicht auszudenken, nicht wahr?«

»Ein anständiges Geschöpf lebt Jahre«, sagte die Ameise, »Frühling, Sommer, Herbst und Winter.«

»Ich weiß nicht, was das ist«, sagte die Eintagsfliege, »vielleicht gebrauchen Sie nur andere Ausdrücke. Alles Leben ist doch nur Morgen, Mittag und Abend. Ich kann mir nichts anderes vorstellen.«

»Sie sind eben nicht volkswirtschaftlich und staatlich gebildet«, sagte die Ameise.

»Haben Sie den Punkt gefunden?« rief der Käfer hinüber.

»Ach, Sie mit Ihrem Punkt!« sagte die Ameise, »bewachen Sie lieber mein Beingepäck, das ist der einzige Punkt, um den Sie sich eben zu kümmern haben. Wenn ich wiederkomme und ich finde mein Beingepäck nicht mehr, dann trommle ich Ihnen auf Ihren drei Punkten herum, daß Sie alle anderen Punkte vergessen.«

»Ich sitze auf Ihrem Beingepäck«, sagte der Käfer, »mehr kann man wahrhaftig nicht tun – aber es muß doch einen Punkt geben ...«

Der Frosch konnte sich jetzt nicht mehr beherrschen. Er sprang mit einem Satz auf die Hülle der Eintagsfliege zu. Diese von den beiden fetten Personen schien ihm am fettesten. Die Eintagsfliege spannte die Flügel weit aus und flog in Licht, Luft und Sonne hinein, und hinter ihr blieb, wesenlos und unwesentlich, das, worin sie einmal war – ihr Kleid. Ein neues Dasein begann – Morgen, Mittag und Abend.

»Das ist ja gar keine Person, sondern ein Futteral«, quakte der Frosch wütend und setzte erbost ins Wasser zurück.

Die Ameise war zum Käfer zurückgeeilt und nahm ihr Beingepäck wieder in Empfang, ohne sich zu bedanken. »Die Person sagt, sie lebt von Luft und Sonne«, erzählte sie, »sie lebt nur einen Tag, sagt sie, Morgen, Mittag und Abend. Es ist eine Schwindlerin. Ich dachte es mir gleich, als sie so mit den Flügeln wackelte, es ist eine leichtsinnige Person.«

»Morgen, Mittag und Abend«, sagte der Käfer und rieb sich den Kopf mit dem Fühler. »Man muß aber doch einen Punkt finden können, irgendeinen Punkt ...«

Mehrbeinig und mühsam pilgerten beide weiter. Der Frosch saß dick und grün im Sumpf und hatte eine geschwollene Kehle vor lauter Ärger. Die Eintagsfliege gaukelte mit blitzenden Schwingen im Lichterglanz eines neuen Daseins – für einen Tag, für Morgen, Mittag und Abend.

Aber was ist ein Tag? Ein Augenblick und tausend Jahre sind gleich flüchtig und wandelbar – man muß doch wohl den einen Punkt finden, wie der kleine, pilgernde Käfer sagte, irgendeinen Punkt ...

Sind wir nicht alle Eintagsfliegen, lassen wir nicht auch Larven zurück, die uns gleichen, und haben damit doch nur Erde und Sumpf verlassen, um unsere Schwingen zu spannen im blauen Äther durchsonnter Ewigkeit? Jede Gegenwart trägt ihr rätselvolles Zeichen des Künftigen, und in allem Dasein atmet die große Ahnung kleiner Käfer: alles Leben ist Morgen, Mittag und Abend und, über Nacht, das Frührot einer neuen Sonne – alles Leben ist ewiges Ostern.

Die Badekur

Ein alter Affe saß auf einem Kokosbaum und brummte böse. Er war sehr verstimmt, denn er hatte Rheumatismus in den Beinen. Er war kein gewöhnlicher Affe, sondern das Haupt einer zahlreichen Familie, ein Affenbürgermeister. Wenn ein gewöhnlicher Affe Rheumatismus hat, so ist das nur störend für ihn selbst; wenn aber ein hochgestellter Affe Rheumatismus hat, so ist das nicht nur ihm selber unangenehm, sondern auch überaus peinvoll für seine Umgebung.

Alle Affen dieser Familie empfanden das; denn wenn jemand dem alten Affen »Guten Morgen, Euer Fellgeboren!« sagte, so fletschte er die Zähne, und wenn ihn jemand nach seinem Befinden fragte, so gab er dem Teilnahmsvollen eine Ohrfeige oder trat nach ihm mit dem rheumatischen Bein. Er war eben ein hochgestellter Affe.

Man sah allerdings ein, daß das so nicht weitergehen konnte, und beschloß im engeren Affenrat, diesen hochgestellten Rheumatismus zu heilen. So kam man überein, zwei alte Marabus zu konsultieren, berühmte Ärzte und Autoritäten auf ihrem Gebiet. Die beiden Marabus kamen bereitwillig, sie waren wohlwollende Herren, und der Fall interessierte sie sachlich, denn ein hochgestellter Rheumatismus ist nichts Alltägliches.

Der eine Marabu hatte noch ein wenig Federflaum auf dem Kopfe, er war Medizinalrat, der andere hatte einen ganz kahlen Kopf und war Geheimer Medizinalrat. Beide gingen auf hohen dünnen Stelzen und hatten einen großen Schnabel.

Der alte Affe war knurrend vom Baum gestiegen und zeigte mürrisch seine Beine. Die Marabus verbeugten sich weltmännisch und plusterten sich vor Sachverständnis. Sie fühlten dem alten Affen mit der Kralle den Puls und betasteten und beäugten die rheumatischen Beine.

»Äußert sich Ihr Rheumatismus in sehr hinderlicher Weise?« fragte der Medizinalrat und sah den alten Affen von einer Seite an.

»Beim Klettern, rein beruflich, hindert er mich eigentlich weniger«, sagte der alte Affe, dem die beiden Medizinalräte sehr imponierten, »aber in Familienangelegenheiten wirkt er überaus störend. Wenn ich, zum Beispiel, einen meiner Angehörigen trete, so merke ich deutlich, daß dies nicht mehr mit der gewohnten jugendlichen Schwungkraft und für mich selbst nicht schmerzlos vor sich geht. Ich habe schon in letzter Zeit auf diese mir liebe Gewohnheit verzichten müssen und mich mit Ohrfeigen begnügt. Auf die Dauer aber ist mir das nicht bekömmlich, und es untergräbt auch meine Autorität.«

»Begreiflich, sehr begreiflich«, sagte der Geheime Medizinalrat, »also eine Störung der familiären, als auch der sozialen Tätigkeit von bedenklicher Wirkung.«

»Es scheint mir Muskelrheumatismus zu sein«, sagte der Medizinalrat und kratzte sich mit der Kralle den Flaum auf dem Kopf, »rheumatismus musculorum.«

»Es könnte auch Gicht sein«, sagte der Geheime Medizinalrat und hüstelte durch den Schnabel, »arthritis urica mit der Prädilektionsstelle des großen Zehs. Die klinischen Untersuchungen hierüber sind noch nicht abgeschlossen.«

»Ich trete meine Angehörigen mit der Fußsohle und nicht mit dem großen Zeh«, sagte der Affe.

»Ein wertvoller Hinweis«, sagte der Medizinalrat, »ein sehr wertvoller Hinweis von großer Tragweite. Ich möchte mich doch für rheumatismus musculorum aussprechen, Herr Kollege. Wie wäre es mit der autosuggestiven Methode? Sagen Sie einmal deutlich und vernehmbar vor sich hin, mit innerer Überzeugung: ich habe keinen Rheumatismus mehr, es geht mir mit jedem Tage besser.«

»Es geht mir mit jedem Tage besser«, sagte der alte Affe, »ich habe keinen Rheumatismus mehr.«

»Sagen Sie weiter«, riet der Geheime Medizinalrat, »sagen Sie: ich trete meine Angehörigen bequem und schmerzlos, es gibt überhaupt keinen Rheumatismus.«

»Ich trete meine Angehörigen bequem und schmerzlos«, wiederholte der alte Affe, »es geht mir mit jedem Tage besser, es gibt überhaupt keinen Rheumatismus – ach, wie's mich jetzt wieder reißt!«

»Die autosuggestive Methode scheint sich in diesem speziellen Falle nicht zu bewähren«, sagte der Geheime Medizinalrat, »die klinischen Untersuchungen hierüber sind noch nicht abgeschlossen.«

»Es ist ein hartnäckiger Fall«, sagte der Medizinalrat, »rheumatismus musculorum chronicus. Ich würde eine Badekur in Vorschlag bringen, Schlammbäder, balnea limosa.«

»Baden tue ich auf keinen Fall«, sagte der alte Affe, »ich will zu Hause bleiben – bleibe auf deinem Baum und nähre dich redlich!«

»Begreiflich, sehr begreiflich«, sagte der Geheime Medizinalrat, »vielleicht versuchen wir es noch mit der Psychoanalyse. Haben Sie nicht einen dunklen Punkt in Ihrem Leben? Denken Sie scharf nach, sehr scharf, und seien Sie ganz offen gegen sich selbst und gegen uns – vielleicht kommen wir dann der Ursache dieses rheumatismus musculorum auf die Spur.«

»Wenn ich offen sein soll«, sagte der alte Affe, »so wünschte ich, diese beiden kakelnden Marabus ließen mich in Ruhe, und dunkle Punkte habe ich keine gehabt außer Flöhen, und die konnten mir keinen Rheumatismus übertragen, sie haben selbst keinen, denn es sind sehr bewegliche Leute.«

»Ich bin doch für die Badekur«, sagte der Medizinalrat.

»Ich will wieder auf meinen Baum«, sagte der alte Affe und ruderte mit seinen langen Armen auf eine Kokospalme zu. Aber die Familie lief hinter ihm her und hängte sich an seinen Schwanz. Alles redete schnatternd auf ihn ein, er möge doch diese wunderbare Badekur versuchen und die Marabus wären wirkliche Kapazitäten.

»Es ist ganz nahe von hier«, sagte der Medizinalrat, »ein vornehmes und sehr komfortables Bad. Die Badefrau ist eine gute Bekannte von mir, eine würdige und zuverlässige Dame, über hundert Jahre alt, es ist alle Bequemlichkeit vorhanden, und die Badeeinrichtungen sind nach europäischem Muster.«

Beide Medizinalräte nahmen den alten Affen in ihre Mitte und führten ihn nach dem Badeort. Sie stelzten hochbeinig und würdevoll, sie gestikulierten mit Flügeln und redeten eifrig über den rheumatismus musculorum. Die ganze Affenschar folgte ihnen schnatternd und voller Erwartung.

Bald waren sie angelangt. Es war ein sehr vornehmer Badeort, am Ufer des Nils, wirklich ganz europäisch und voller Schlamm. Auf den Bäumen am Ufer saßen die Papageien, einer bunter als der andere, und schwatzten über die neuesten Nachrichten. Der Badestrand war frei und wurde gerade von einem Rhinozeros glattgetrampelt.

»Ist das die Badefrau, mit zwei Hörnern auf der Nase?« fragte der alte Affe besorgt.

»Nein, das ist die Obrigkeit dieses Badeortes«, erklärten die Marabus, »sie trampelt alles zusammen, damit es einheitlich aussieht. Es ist überhaupt ein ganz europäischer Ort.«

Das Rhinozeros trampelte emsig, schnüffelte mit der Nase in allem herum und steckte sein Hon in Dinge, die es nichts angingen. Wenn es etwas ganz Zweckloses fand, dann grunzte es vor Vergnügen.

»Muß die Obrigkeit so sein?« fragte der alte Affe.

»Über das Wesen der Behörden sind die klinischen Untersuchungen noch nicht abgeschlossen«, sagte der Geheime Medizinalrat.

»Hier der große dicke Herr ist der Bademeister«, sagte der Medizinalrat und zeigte mit dem Flügel auf einen Elefanten, der den langen Rüssel hin und her bewegte. »Er spritzt Sie nach dem Bade mit einem Schlauch ab. Er tut das aus lauter Gefälligkeit, es ist ein sehr wertvolles therapeutisches Mittel. Dazwischen trompetet er, um die Badekapelle zu ersetzen. Eine solche haben wir noch nicht, wir stehen aber mit einigen Hyänen in Verhandlung, die regelmäßig jeden Abend Wüstencouplets singen sollen. Leider verlangen sie, für ihre Mühe jemand aufzufressen, und solange wir noch nicht viel Badegäste haben, ist uns das zu kostspielig. Hier diese kleinen Äffchen hausieren; Sie sehen, es ist ein richtiges Modebad.« Die drei kleinen Affen tanzten eifrig um den alten Affen herum.

»Fellkratzen, Frisieren, Flöhe fangen, Läuse suchen – kostet eine Banane – im Abonnement billiger!« rief der eine.

»Ach was«, knurrte der alte Affe, »mein Grundsatz ist: Lause zu Hause! Ich wollte, ich wäre auf meinem Baum.«

Die beiden anderen Äffchen näherten sich.

»Trockene Blätter zum Frottieren gefällig? Eine Dattel das Stück, schöne trockne Frottierblätter!«

»Kokosschalen, Schilfringe, hübsche Andenken gefällig?«

»Ich werde auch so an dieses Bad denken, solange ich lebe«, sagte der alte Affe.

»Hier ist die Badestelle«, sagte der Geheime Medizinalrat, »Sie brauchen nur die Beine mit dem rheumatismus musculorum hineinzustecken, wenn es Ihnen unangenehm sein sollte, ganz unterzutauchen. Wenn die Beine drin sind, zieht es das Blut nach unten.«

»Und die Flöhe nach oben«, sagte der alte Affe.

Aus dem Flusse klang ein schreckliches Schnarchen, Grunzen und Gurgeln, und ein gewaltiges Nilpferd tauchte auf.

»Die Badefrau!« rief der Medizinalrat erfreut und winkte mit der Kralle, »dieser Patient will ein Schlammbad nehmen, balnea limosa, er leidet an rheumatismus musculorum.«

»Das ist die Badefrau?!« schrie der alte Affe, »ich will nach Hause! Ich will auf meinen Baum!«

Die Badefrau lächelte mit einem Mund von einigen Metern und machte sich daran, das Schlammbad aufzuwühlen, was ihr vorzüglich gelang, denn es war eine sehr erfahrene und tüchtige Person.

»Ich will nach Hause!« schrie der alte Affe und schob die dünnen Stelzen der beiden Medizinalräte beiseite.

»Hinein mit Ihnen!« kommandierte das Rhinozeros, »machen Sie keine Umstände, andere wollen auch noch baden, und ich selbst will hinein!«

»Bitte, bitte, nach Ihnen, nach Ihnen«, sagte der alte Affe, aber schon fühlte er das obrigkeitliche Horn der Nase im Rücken und fiel kopfüber ins Wasser, beinahe in die Arme der Badefrau.

In einer Sekunde war er wieder draußen, grün und unkenntlich vor Schlamm.

In diesem Augenblick spritzte der Bademeister mit seinem Rüssel, und dem alten Affen war es, als sause der rheumatismus musculorum aus den Beinen in die Hände, aus den Händen in den Kopf, aus dem Kopf in den Schwanz und aus dem Schwanz heraus. Denn der Elefant war ein Meister der Dusche. Die Marabus kakelten beifällig, die Badefrau lächelte freundlich, und die Affenfamilie johlte vor Vergnügen.

Neben der Badefrau aber tauchte ein Krokodil auf, grünlich und mit blitzenden Augen.

»Massage gefällig?« fragte es und zeigte empfehlend die Tatzen, »Massage gefällig?«

Der alte Affe sprang mit einem unwahrscheinlich großen Satz vom Badestrand fort in einen sicheren Hintergrund.

»Wie denken Sie über den Fall, Herr Kollege?« fragte der Geheime Medizinalrat, »ist dies eine geprüfte Masseuse?«

»Mir scheint, dies ist mehr eine Masseuse, die andere geprüft hat«, sagte der Medizinalrat.

»Über die Zweckmäßigkeit der Massage mit Krokodilstatzen sind die klinischen Untersuchungen noch nicht abgeschlossen«, sagte der Geheime Medizinalrat.

»Ich kenne diese Masseuse«, sagte der Medizinalrat, »sie hat einmal einen Patienten massiert, der ebenfalls an rheumatismus musculorum litt. Der Rheumatismus verlor sich bei der Massage, aber der Patient auch. Ich habe seitdem die Masseuse nicht mehr empfehlen können, Herr Kollege.«

»Begreiflich, sehr begreiflich, Herr Kollege«, sagte der Geheime Medizinalrat, »es stehen immer noch manche Ärzte auf dem Standpunkt, daß die Beseitigung der Krankheit nicht unbedingt mit der gleichzeitigen Beseitigung des Patienten erfolgen müsse. Aber auch hierüber sind die klinischen Untersuchungen noch nicht abgeschlossen.«

Beide sahen sich nach dem alten Affen um. Aber der war verschwunden und die ganze Affenfamilie mit ihm. Sie hatten den Anblick der Masseuse nicht ertragen können.

*

Am anderen Tage machten sich die beiden Medizinalräte auf den Weg, um dem alten Affen einen Krankenbesuch abzustatten.

Sie kamen aber nicht weit. Der alte Affe saß auf seinem Baum und schmiß mit Kokosnüssen.

Die eine Kokosnuß traf den Medizinalrat auf den Kopf, so daß er eine Beule davontrug, die erheblich anschwoll.

»Ich muß diese Beule kühlen, Herr Kollege«, sagte der Medizinalrat, »auch habe ich den unbestimmten Eindruck, als ob wir von dem geplanten Krankenbesuche lieber absehen sollten.«

»Begreiflich, sehr begreiflich, Herr Kollege«, sagte der Geheime Medizinalrat, und beide zogen sich an einen Bach zurück.

Hier kühlte der Medizinalrat seine Beule, und der Geheime Medizinalrat trug das Ergebnis der Badekur sorgsam in sein Krankenbuch aus Palmenblättern ein.

Er buchte mit wissenschaftlicher Genauigkeit:

»Patient ein hochgestellter Affe – rheumatismus musculorum in den Beinen – autosuggestive Methode und Psychoanalyse vergeblich – Badekur, Schlammbad, balnea limosa – Patient geheilt, schmeißt jedoch mit Kokosnüssen, jactatio nucis – bis zur Beulenbildung beim behandelnden Medizinalrat, Kopfbeule, tumor capitis. – Ob jactatio nucis Folgeerscheinung von balnea limosa oder Nachkrankheit von rheumatismus musculorum, darüber sind die klinischen Untersuchungen noch nicht abgeschlossen.«

Welträtsel

Das Huhn Dorothea Silberbein trat aus der Scheune und begrüßte leise gackernd den Morgen. Der Torbogen spannte sich hoch und weit über ihm – ein Riesenrahmen, der, wie so oft im Leben, in keinem Verhältnis stand zur Kleinheit seines Darstellungsobjekts. Das Huhn merkte nichts davon. Es sah sich friedlich und freundlich nach allen Seiten um, voller Wohlwollen gegen alle Welt und voller Befriedigung über das eigene, eiererfüllte Dasein. Dann ging es langsam einige Schritte, kratzte mit dem linken Fuß, kratzte mit dem rechten Fuß, trat vorsichtig zurück und betrachtete das Feld der Untersuchungen mit seitlich gebeugtem Kopf und einem Auge. Denn es ist so eingerichtet. Oft fand es ein Korn, oft fand es keines. Beides nahm das Huhn ergeben und freundlich hin. Dann reckte es den Hals. »Ach, was hab' ich zu tun – ach, ach, ach, was hab' ich zu tun«, sagte das Huhn. Auf dem Misthaufen stand der Hahn Arminius Silberbein und blickte verachtungsvoll auf alles herab, was nicht auf dem Misthaufen stand.

»Ach, was hab' ich zu tun – ach, ach, ach, was hab' ich zu tun!« gackerte Dorothea Silberbein.

»Du hast gar nichts zu tun«, sagte Arminius Silberbein und schlug großartig mit den Flügeln.

»Ich habe nichts zu tun?« sagte Dorothea Silberbein gekränkt, »wer legt denn die Eier, wenn nicht ich? Erst heute früh hab' ich ein Ei gelegt. Die Welt weiß noch gar nicht genug, ein wie schönes Ei ich heute gelegt habe – ach, was für ein Ei – ach, ach, ach, was für ein großes Ei!«

»Als ob Eierlegen eine Tätigkeit wäre!« sagte Arminius Silberbein und kratzte hochmütig auf dem Misthaufen.

Unten auf der breiten Straße des dörflichen Lebens wackelte eine Ente. Sie hieß Emilie Schlapperfuß, hatte meist nasse Füße, was bei ihr naturgemäß war, und kleine freundliche Augen. Ferner hatte sie, und das vor allem anderen, als Hauptsache ihres Daseins, einen ganz erheblich von Gott gesegneten Appetit, und zwar einen dauernden, man kann beinahe sagen, pausenlosen Appetit. So rutschte und torkelte sie, eine friedvolle und schwankende Masse von Fett und Federn, umher und schaufelte rastlos und freudig Nahrung in sich hinein.

»Was ist sonst eine Tätigkeit, wenn Eierlegen keine ist?« fragte Dorothea Silberbein und sah den Hahn mit einem Auge an.

»Eine Tätigkeit ist, wenn man auf dem Misthaufen steht und kräht, hoch erhaben über alle Erde«, sagte Arminius Silberbein würdevoll und krähte laut und sieggewohnt, so daß Emilie Schlapperfuß erschrocken zusammenfuhr.

»Wo wärst denn du selbst, wenn die Eier nicht wären?« sagte Dorothea Silberbein, »du hast doch auch mal in der Schale gesessen und bist mühsam ausgebrütet worden. Als du auskrochst, hast du nicht mehr als Piep sagen können, und jetzt hockst du auf dem Misthaufen und krähst große Töne!«

»Ich weiß nichts von Eiern«, sagte der Hahn, »man weiß nur etwas, wenn das Selbstbewußtsein beginnt, und das begann bei mir, als ich das erstemal den Misthaufen bestieg und krähte. Von dann ab lebe ich, von dann ab war ich da – der Mann, der hoch über der Welt auf seinem Misthaufen steht und kräht. Nur Hühner reden von Eiern. Der Hahn ist da, wie der Misthaufen da ist. Der Hahn und der Misthaufen sind Gipfel, als solche unerreicht und unerklärlich, sie sind die Welträtsel an sich!«

»Wie meinten Sie, bitte?« sagte Emilie Schlapperfuß und sah den Hahn mit ihren kleinen Augen an, freundlich und mit einem vollständig problemlosen Gesichtsausdruck.

»Ich habe dich doch selber ausgebrütet, mein Jungchen«, sagte Dorothea Silberbein, »alles ist Ei – ach, was für ein Ei – ach, ach, ach, was für ein Ei – ach, ach, ach, was für ein Ei!«

»Hör auf mit deiner Gackelei!« sagte Arminius Silberbein; aber er kratzte nachdenklich auf seinem Misthaufen und überlegte besorgt: Sollten am Ende die Frauen anfangen zu denken, und es käme eine neue Zeit? Wo bliebe dann der überlieferte Misthaufen und die Hähne als Herren der Welt, weil sie krähen? Denn, ehrlich gestanden, mehr als krähen können wir eigentlich nicht.

Ob eine neue Zeit kam, ist hier nicht zu entscheiden. Aber ein Sturm zog heran, schnell, dunkel und drohend. Dorothea Silberbein bemerkte das. Ein Huhn ist einem Orkan sozusagen unkongenial. Das Huhn sah das ein und verzog sich eilig in den Hühnerstall. »Ach, was hab' ich zu tun – ach, ach, ach, was hab' ich zu tun!« sagte es seufzend und verschwand in seiner Behausung zu Eiern, Eiern und abermals Eiern. Denn heute abend wollte Dorothea Silberbein anfangen zu brüten – kleine Küken, Hühner, die wieder Eier legen würden, und Hähne, die stolz auf dem Misthaufen stehen würden und krähen!

»Wie meinten Sie, bitte?« sagte Emilie Schlapperfuß, als der erste Windstoß über die Straße fegte. Auch eine Ente ist einem Orkan gegenüber sozusagen unkongenial. Aber Emilie Schlapperfuß war das nicht klar ins Bewußtsein getreten. Sie legte sich nur platt auf den Bauch und überließ alles Weitere der Anziehungskraft der Erde. Diese Kraft kümmert sich durchaus um solche Dinge. Sie wirkt wohltätig in zahlreichen Fällen und sorgt dafür, daß Hühner, Gänse und Enten nicht in den Himmel fliegen. Sie bewahrte auch Emilie Schlapperfuß. Der Sturmwind drehte sie bloß einmal herum, so daß sie um die eigene Achse glitschte und dann erfreut und unbekümmert ihre Nahrung statt westlich östlich in sich schaufelte.

Nur der Hahn Arminius Silberbein war standhaft auf dem Misthaufen geblieben. »Die Frauen fangen an zu denken, und ein Sturm kommt. Das ist die neue Zeit. Ich will sie empfangen und sieghaft überstehen«, krähte er großartig und stellte sich mit gespreizten Flügeln dem Sturm entgegen.

In einem einzigen Augenblick war er nach unten gefegt, und der überlieferte Misthaufen war regellos durcheinandergeworfen, nur oberflächlich natürlich, denn ein richtig angelegter und überlieferter Misthaufen ist ein sehr festgefügtes Ding und nicht so leicht in seiner Innerlichkeit zu erschüttern. Arminius Silberbein aber sah scheußlich aus, mit zerzausten Federn saß er auf der Straße und besah sich den Misthaufen von unten – eine gestürzte Größe. Sollte am Ende doch eine neue Zeit gekommen sein?

Abends im Hühnerhaus brütete Dorothea Silberbein über Eiern und Arminius Silberbein über Problemen. Hoch über dem Misthaufen draußen, dem Throne aller Hähne, standen ewig funkelnde Sterne, Welten und Welträtsel. In den Eiern regte sich leise neues

Leben, Welten und Welträtsel im kleinen, den Sternen und allem Ewigen verwandt.

»Das mit den Eiern ist natürlich Unsinn«, sagte Arminius Silberbein, »das Welträtsel beginnt, wo das Selbstbewußtsein beginnt, also beginnt es beim Hahn, wenn er auf dem Misthaufen steht und kräht. Aber es kam heute eine neue Zeit und warf mich vom Misthaufen herunter. Es gibt also noch größere Welträtsel als den Misthaufen und mich selbst. Die Federn plustern sich, wenn man nur daran denkt! Welträtsel gibt es, hörst du, Dorothea, Welträtsel.« Er stieß Dorothea Silberbein mit dem Flügel an. Aber das Huhn schlief und brütete.»Ach, was hab' ich zu tun – ach, ach, ach, was hab' ich zu tun!« gackerte es leise im Schlaf.

»Die Frauen denken doch nicht«, sagte Arminius Silberbein beruhigt, »sie sitzen bloß auf den Eiern und brüten. Aber es gibt trotzdem Welträtsel. Ich werde mich morgen wieder auf den Misthaufen stellen und sie ergründen – alle, alle Welträtsel!« schrie er.

Dorothea Silberbein schlief weiter; nur Emilie Schlapperfuß fuhr einen Augenblick erschrocken aus Fett und Federn auf.

»Vom überlieferten Misthaufen aus!« schrie Arminius Silberbein, »alle Welträtsel, alle Welträtsel!«

»Wie meinten Sie, bitte?« sagte die Ente und sah den Hahn aus ihren kleinen Augen an, sehr freundlich und mit einem vollständig problemlosen Gesichtsausdruck.

Freundschaft

Am Ufer des Zuger Sees saß ein armer Korbflechter und flocht seine Körbe. Er konnte sonst nichts weiter als diese Körbe flechten und sein kleines Haus betreuen, in dem er einsam mit seinem Hund lebte – es war ein grauer Spitz, unscheinbar wie sein Herr, aber voller Aufmerksamkeit für dessen Arbeit und immer freundlich und geneigt zur Unterhaltung. Denn der Korbflechter unterhielt sich mit seinem Hunde und sprach mit ihm, wie man mit einem Menschen spricht. Die Leute fanden das sonderbar und sagten, daß der Mann ein wenig einfältig wäre. Vielleicht war er das, vielleicht aber war er sehr klug, denn mit den Menschen sprach er fast gar nicht. Es hätte auch keinen Zweck gehabt; denn die anderen Leute waren alle so überaus vernünftig, und darum glaubten sie es nicht, was der Korbflechter erzählte. Denn er sah vieles, was die anderen nicht sehen konnten. Einige meinten, er wäre hellsichtig, aber sie lachten darüber. Es war besser mit dem Spitz zu reden, der verstand immer, was der Korbflechter sagte, und er war auch immer der gleichen Meinung. Sie waren sehr gute Freunde, und einer hielt viel vom anderen. Auch darüber lachten die Leute. Die Körbe aber kauften sie, denn es war gute und sehr sorgsame Arbeit und oft überaus kunstvoll geflochten. Nur war es seltsam, daß der Korbflechter nur immer die gleichen Muster flechten konnte, und daß diese Muster stets an die Zeichnungen der Pfahlbauzeit erinnerten, das war noch seltsamer. Man kannte ja diese Zeichnungen aus dem Museum in Zürich. Der Korbflechter freilich hatte sie niemals gesehen; denn er war nicht in Zürich gewesen und hatte seine kleine Heimatstadt nie verlassen. Wenn aber jemand ein anderes Muster von ihm haben wollte, dann schüttelte er den Kopf und flocht doch wieder die alten. Und so gewöhnte man sich daran.

Es war am Nordufer des Sees, wo man die starren Häupter von Rigi und Pilatus sieht und in der blauen Ferne die Schneekronen der Berner Berge. In der Nähe des Korbflechters arbeiteten einige Archäologen an einer Ausgrabung, wie sie der See schon mehrfach aus seinem geheimnisvollen Schoß herausgegeben hatte. Sonst war es still und menschenleer, auch die Vögel schwiegen in den Bäumen, unbeweglich lag der klare Wasserspiegel, und vom Zuger Zeitturm schlug die Mittagsstunde. Zwölf Uhr mittags ist eine geheimnisvolle Stunde. Es ist, als wäre etwas Altes abgelaufen, als stehe die Zeit still und warte auf etwas Neues, auf irgendein Wunder, das auf schimmernden Schwingen durch den stillen Sonnenfrieden gleiten müsse. Es war ein Warten in allem, was lebt, ein Warten auf etwas, das man nicht kennt, das aber sehr schön und sehr wunderbar sein muß und anders, ganz anders als das ganze andere Leben. Es ist eine sehr geheimnisvolle Stunde, man muß nur in ihr lesen können. Das können nur sehr wenige Menschen, und wer es kann, über den lachen die Leute. Es ist schade drum, denn die Welt wäre besser und glücklicher, wenn die Menschen in der Mittagsstunde lesen könnten.

Der Korbflechter ließ seine Arbeit sinken und sah weit hinaus auf den klaren Wasserspiegel, der in der Sonne blitzte. Wob die Sonne nicht Bilder im Wasserdunst, trug der leise, kaum merkbare Wind nicht Worte herüber aus einer alten Zeit? War es überhaupt heute, war es nicht gestern, war es nicht viele tausend Jahre her, daß dieses Gestern war? Der Korbflechter sah weithinaus, mit fernen, erdfremden Augen, und seine Hand flocht das gewohnte Muster, das alte, immer geübte, mit sehr einfachen Zeichen. Eine seltsame Sehnsucht sang in seiner Seele.

»Siehst du, Spitz, wie der Kahn geschwommen kommt über den stillen See? Siehst du, wer darin sitzt? Das bist du und ich. Es ist ein Einbaum, aus einem Stamm gehöhlt mit Feuerbränden und mit einem Stein. Es ist ein schöner Nachen, und es sitzt noch jemand drin, erkennst du sie, die Frau mit den langen, nachtdunklen Haaren? Wir drei gehörten zusammen, aber sie ist nun woanders. Ich habe sie nie gesehn in diesem Leben, aber meine Seele sucht sie. Nur wir beide sind zusammengeblieben, nicht wahr, Spitz? Kannst du sehen, wie sie den Kahn langsam vorwärts treibt? Du bist in der Mitte, und ich sitze unten und flechte einen Korb zum Fischfang. Das konnte ich damals schon – es sind auch dieselben Muster darin wie heute. Du hattest rauhere Haare, Spitz, und warst ein wenig größer.«

Der Spitz wedelte und sah sehr klug zu seinem Herrn auf. Natürlich war er der gleichen Meinung.

»Der Kahn treibt vorwärts, er kommt in eine Strömung, wir sind nun gleich zu Hause. Siehst du, dort ist unser Haus, auf den großen

Pfählen, wo jetzt die klugen Gelehrten stehen und suchen. Aber sie sehen das Haus nicht, und dabei ist es doch Mittag, und man kann drin lesen, wenn's Mittag ist. Es ist ein schönes Haus und soviel Frieden darin und ringsum die Wälder und Berge. Die Sonne scheint auf die nackten Glieder, es ist so herrlich zu leben, viel schöner, als es heute ist. Wie das Wasser leise an den Kahn schlägt, als sänge es etwas – jetzt winken und rufen sie vom Hause ...«

Der Spitz stand auf und schmiegte sich unruhig an.

»Aber was rufen sie? Es ist vorbei mit dem Frieden, Spitz. Sie zeigen auf den Wald, es blitzt von Waffen auf, und die, welche kommen, sind anders als wir. Sie haben glänzende Äxte und Schwerter, und wir haben nichts als Waffen von Stein. Es ist eine neue Zeit, und die Mittagsstunde ist vorüber. Sieh nicht mehr hin, Spitz, sie erschlagen uns alle, es ist gräßlich. Ach, die arme schöne Frau mit den nachtdunklen Haaren! Nun sind wir die letzten, Spitz, du und ich, aus unserem zerstörten Hause. Aber wir lassen nicht voneinander, wir stehen zusammen und wir sterben zusammen, wir sind ja Freunde.«

Der Hund knurrte und stellte sich mit gesträubten Haaren vor seinen Herrn.

»Der Stoß galt dir, Spitz, aber ich habe ihn aufgefangen. Der Schlag galt mir, aber du hast dich vor mich geworfen. Nun sterben wir beide, Spitz. Ach, es ist lange her, und wir waren damals glücklicher als heute. Aber wir sind auch heute noch zusammen, und wir sind wieder hier, wo wir damals waren, ist das nicht sonderbar, Spitz? Aber es ist gut so, daß wir zusammen sind, wir bleiben auch hier wieder, was wir einmal waren. Nun ist es aus, und die Mittagsstunde ist vorüber, wie sie damals vorüber war, als unser Haus ganz zerstört wurde.«

Der Korbflechter legte den Arm um den Hund und streichelte ihn. Der See lag reglos in der Mittagsglut, Rigi und Pilatus reckten die starren Häupter in die blaue, klare Luft, und von ferne leuchteten die weißen Kronen der Berner Berge – wie vor vielen tausend Jahren.

Die Archäologen am Ufer waren sich klargeworden.

»Es ist eine interessante Berührungsfläche der neolithischen Periode mit der ersten Bronzezeit, offenbar durch einen Überfall verursacht«, sagte der eine, »besonders wertvoll hier sind auch die Knochen des Torfhundes, canis familiaris palustris, der hier bereits als Gefährte des Menschen festgestellt werden kann. In dieser Vereinzelung weist er, scheint es, auf seine Zugehörigkeit zur zerstörten Niederlassung des primitiveren Volksstammes hin. Ein großes Stück Kulturgeschichte auf einem kleinen Raum ...«

»Hörst du, Spitz, was sie erzählen?« sagte der Korbflechter zu seinem Hunde, »es ist ein großes Stück Kulturgeschichte, meinen sie, und sie werden es wissen, denn es sind ja gelehrte Herren. So wird es wohl ein Stück Kulturgeschichte sein – aber nicht wahr, Spitz, wir wissen es besser, es ist noch mehr als das, es ist die Geschichte einer Freundschaft!«

Karlchen Krake

Im Mittelländischen Meer, in einem Felsenloch nahe der Küste, lebte der Tintenfisch Karlchen Krake. Karlchen Krake hatte Augen wie Operngläser, einen sehr bedeutenden Mund und acht Fangarme mit Saugnäpfen, die sich wie Schlangen ringelten und nach Beute suchten. Karlchen Krake war weißgrau, wurde jedoch, wenn er sich ärgerte, abwechselnd braun, rot und gelb und bekam zudem eine Anzahl Warzen auf der Haut. Wenn man das alles bedenkt, muß man sagen: Karlchen Krake war unappetitlich. Karlchen Krake sammelte mit seinen Saugnäpfen kleine Steine und baute sich einen Krater, einen Krakenkrater. In diesen Krakenkrater setzte sich Karlchen Krake und lauerte in einer sehr unsympathischen Weise. Im Felsenloch gegenüber wohnte der Schwamm Isidor Schluckigel. »Karlchen«, sagte Isidor Schluckigel, »Karlchen Krake, mit Ihnen wird es noch einmal ein schlechtes Ende nehmen. Sie lauern den ganzen Tag mit Ihren Opernglasaugen auf Beute und können nie genug kriegen. Besonders scheußlich finde ich es, daß Sie dabei alles, was Sie so verspeisen, mit der Tinte aus Ihrem unangenehmen Tintenbeutel verdunkeln. Nachher sitzen Sie da und tun, als hätten Sie nichts gegessen, und es weiß niemand, was Sie inzwischen alles verschluckt haben. Das ist nicht anständig, Karlchen Krake.«

Karlchen Krake ärgerte sich, wurde braun, rot und gelb und bekam lauter Warzen auf seiner Haut.

»Regen Sie sich nicht auf, Karlchen Krake«, sagte Isidor Schluckigel, »es schadet Ihrem Teint, und Sie bekommen lauter Warzen auf der Haut, wodurch Sie nicht einnehmender wirken. Sie essen auch viel zu große Portionen. Sie haben acht Fangarme mit acht Saugnäpfen. Ich würde nichts sagen, wenn es einer wäre. So essen Sie achtmal zu Mittag, wenn ein anderer einmal zu Mittag ißt. Das kann Ihnen nicht bekommen, Karlchen Krake. Das ist eine übertriebene Nahrungsaufnahme. Ich kannte einen Aal, der war auch so gefräßig, und er hat sich schließlich aus Versehen selber angefressen. Dieser Aal sah so ähnlich aus wie einer Ihrer Fangarme, und Sie sind gleichsam achtmal das, was dieser Aal war. Überlegen Sie sich das einmal, Karlchen Krake!«

»Dieser Aal geht mich gar nichts an«, sagte Karlchen Krake.

»Dieser Aal hieß Longinus Schlüpferig«, sagte Isidor Schluckigel, »und er mußte eine Kur brauchen, bis das wieder nachwuchs, was er von sich selbst aufgefressen hatte.«

»Es ist mir einerlei, wie dieser Aal hieß«, sagte Karlchen Krake.

»Sie haben eben keinen historischen Sinn, Karlchen Krake«, sagte Isidor Schluckigel, »es ist an sich gewiß nicht wichtig, wie dieser Aal hieß, aber er hieß Longinus Schlüpferig, meine chronikale Genauigkeit verlangt es, das festzustellen.«

»Sie sollten lieber den Mund halten«, sagte Karlchen Krake, »ein Geschöpf, das festgewachsen ist und das noch nicht einmal weiß, ob es Tier oder Pflanze sein soll!«

»Das ist wahr«, sagte Isidor Schluckigel ruhig, »ich überlege es mir eben noch, wie ich mich am besten weiterentwickele. Ich habe Zeit, und ich will vorläufig die Beziehungen nach keiner Seite hin abbrechen. "Wenn man festgewachsen ist, ist man auch nicht so gefräßig wie Sie, man wartet alles behäbig ab und läßt die Ereignisse in einer chronikalen Folge an sich vorüberziehen. Das ist sehr bildend, und Sie sollten sich ein Beispiel daran nehmen, Karlchen Krake.«

Durchs blaue Wasser kam mit eleganten Ruderschlägen die Sardelle Flora Flossenfroh, im bräunlichblauen Kleide und weiß eingelegter Vorderseite und mit golden glänzenden Schuppen am Kopf, eine unleugbar hübsche Person. Karlchen Krakes Opernglasaugen wurden noch größer, als sie schon waren, und seine Fangarme regten sich appetitvoll.

Flora Flossenfroh wandte sich an Isidor Schluckigel.

»Ach, bitte, können Sie mir nicht sagen, wie komme ich hier am besten nach dem Atlantischen Ozean?«

»Kommen Sie in meine Arme, Fräulein!« sagte Karlchen Krake und breitete verbindlich sein unappetitliches Geringel aus. Dabei winkte er mit seinen Saugnäpfen und tropfte Tinte aus seinem Tintenbeutel. Es sah scheußlich aus.

»Pfui, wer ist denn das?« fragte Flora Flossenfroh und rümpfte die Kiemen.

»Das ist Karlchen Krake«, sagte Isidor Schluckigel,»wenn Sie zu Karlchen Krake gehen, kommen Sie in die Tinte und nicht in den Atlantischen Ozean.«

Dann sah er die junge Sardelle durchdringend aus allen seinen Poren an.

»Flora«, sagte er,»Flora Flossenfroh, warum wollen Sie in den Atlantischen Ozean? Dazu sind Sie viel zu klein. Bleiben Sie in Ihren heimischen Familienschwärmen!«

»Ein junges Mädchen muß sich heute emanzipieren«, sagte die Sardelle schnippisch,»es muß frei und selbständig werden, und außerdem leide ich an der großen Sehnsucht nach dem Weltmeer, nach dem Unendlichen....«

»Nach was für einem Essen haben Sie Sehnsucht?« fragte Karlchen Krake.

»Wenn Sie schon durchaus in die Unendlichkeit wollen«, sagte Isidor Schluckigel,»so bewahren Sie sich wenigstens wie ich einen gewissen chronikalen Sinn für Ihre Erlebnisse! Nach dem Atlantischen Ozean schwimmen Sie immer geradeaus und dann die erste Querstraße rechts, die Straße von Gibraltar, und dann wieder geradeaus durch die Säulen des Herkules. Schwimmen Sie glücklich, Flora Flossenfroh!«

Die Sardelle bedankte sich und entschwamm.

Karlchen Krake sah ihr mit Opernglasaugen nach: aber schon hatte etwas Neues seine Aufmerksamkeit erregt. Ein Taschenkrebs kroch langsam näher, er ging seitwärts, und auf seinem Rücken hatten sich Algen und allerlei Pflanzen angesiedelt. Es war dies eine Art von Gemüsegarten, und der Taschenkrebs griff dazwischen rückwärts mit seiner Schere in diesen Garten und stärkte sich bei der Wanderung. Als der Herr mit dem Gemüsegarten Karlchen Krake sah, machte er bedenkliche Stielaugen.

»Pfui, wer ist denn das?« fragte er, und die Stielaugen wuchsen ihm förmlich aus der Kruste seines Kopfes.

»Das ist Karlchen Krake«, sagte Isidor Schluckigel mit chronikaler Genauigkeit.

Aber Karlchen Krake hatte diesmal nicht gewartet. Mit scheußlicher Geschwindigkeit schössen seine Fangarme aus dem Krakenkrater auf den Herrn, der seitwärts pilgerte und seinen Gemüsegarten bei sich trug. Doch Karlchen Krake war allzu gierig gewesen, er vergriff sich und erwischte nur eine Alge, die ihm abscheulich schmeckte. Der Taschenkrebs verkroch sich unter einen Stein.

»Wie gut«, sagte der Taschenkrebs, »wenn man einen Gemüsegarten auf dem Rücken trägt! Dann kriegen die Leute nur die Gemüse, wenn sie einen rupfen wollen.« »Mit scheint, dies ist so etwas wie eine Lebensweisheit«, sagte Isidor Schluckigel.

Karlchen Krake wurde braun, rot und gelb und bekam Warzen auf der Haut vor lauter Ärger.

»Ach, bitte«, sagte die Sardelle, die wieder angekommen war, »ach, bitte, können Sie mir nicht sagen, wie hieß die Straße, wo ich am besten nach dem Atlantischen Ozean ...?«

»Flora«, sagte Isidor Schluckigel, »Flora Flossenfroh, die Straße heißt die Straße von Gibraltar, Gi – bral – tar, aber ich verstehe nicht, wie Sie sich emanzipieren wollen, wenn Sie nicht einmal eine Straße behalten können.«

Die Sardelle bedankte sich und entschwamm; aber schon nach wenigen Flossenschlägen stieß sie beinahe mit einer Flunder zusammen. Die Flunder war ganz flach, und ihre Augen waren beide auf der rechten Seite, das linke war einfach nach rechts gerutscht, weil ihr das so bequemer war. Vielleicht war es auch eine Übungssache. Karlchen Krake war begeistert. Dies Mittagessen endlich schien ihm gewiß zu sein; er hüpfte in seinem Krakenkrater auf und ab und schoß mit den Fangarmen nach allen Seiten.

»Pfui«, sagte die Flunder, »wer ist denn das?« Und dabei verzog sie den Mund, der an sich schon schief war. »Das ist Karlchen Krake«, sagte Isidor Schluckigel mit chronikaler Genauigkeit.

»Mich kriegt man nicht so leicht«, sagte die Flunder, »bei mir heißt es: Augen rechts und so flach wie möglich! So kommt man überall durch.« Und schon entschwand sie.

»Mir scheint, dies ist so etwas wie eine Lebensweisheit«, sagte Isidor Schluckigel.

»Lebensweisheiten kann ich nicht essen«, sagte Karlchen Krake, verfärbte sich mehrfach und bekam wieder Warzen auf der Haut.

»Regen Sie sich nicht auf, Karlchen Krake«, sagte Isidor Schluckigel, »ich habe es Ihnen schon einmal gesagt, daß es Ihrem Teint schadet.«

»Ach, bitte«, sagte die Sardelle, die wieder angekommen war, »ach, bitte, können Sie mir nicht sagen, wie hieß der Herr, durch dessen Säulen ich, wie Sie sagten, nach dem Atlantischen Ozean ...?«

»Flora«, sagte Isidor Schluckigel, »Flora Flossenfroh, wie wollen Sie denn in die Unendlichkeit kommen, wenn Sie nicht einmal die Säulen des Herkules behalten können? Her – ku – les. Es ist auch kein Herr, denn er ist schon lange tot – und mit diesen mangelhaften Kenntnissen wollen Sie sich emanzipieren!«

Die Sardelle bedankte sich und entschwamm.

Durchs Wasser aber sauste mit einer geradezu wahnsinnigen Geschwindigkeit eine Seenadel, und Karlchen Krake vergaß alles Lauern und stürzte sich mit Saugnäpfen, Opernglasaugen und Tintenbeutel aus dem Krakenkrater heraus, um die Seenadel zu fressen. Aber so sehr er auch mit den unappetitlichen Fangarmen schlingerte, so sehr er die Opernglasaugen nach allen Seiten wandte und Tinte aus seinem Tintenbeutel spritzte – die Seenadel war nicht zu erreichen. »Diese Person«, sagte Isidor Schluckigel, »diese Person leidet an Störungen; ich habe das schon des öfteren mit chronikaler Genauigkeit festgestellt. Es überkommt sie plötzlich der Wahn, das Meer sei zerrissen und sie müsse es nähen, sonst ginge alles aus den Fugen. Es ist dies ein spezifisch akademischer Wahn, aus der eigenen sonderbaren Beschaffenheit auf die Beschaffenheit der Welt zu schließen. Es ist sonst eine harmlose Person.«

»Was nützt das mir, daß es ein akademischer Wahn ist«, schrie Karlchen Krake voller Warzen, »für mich sind solche Leute ungenießbar.«

»Für andre auch«, sagte Isidor Schluckigel.

»Ach, bitte«, sagte die Sardelle, die schon wieder angekommen war, »ach, bitte, können Sie mir nicht sagen, komme ich so, wie Sie sagten, auch bestimmt nach dem Atlantischen Ozean?«

Der Schwamm sperrte alle Poren auf.

»Flora«, sagte er, »Flora Flossenfroh, wenn Sie immer wiederkommen, werden Sie niemals den Atlantischen Ozean erreichen, und wenn ich Ihnen etwas sage, dann ist es richtig, denn ich bin für die chronikale Genauigkeit. Schwimmen Sie ab, Flora Flossenfroh!«

Die Sardelle bedankte sich und entschwamm.

Isidor Schluckigel aber hatte genug von allen chronikalen Ereignissen. Er schloß die Poren und schlief ein. Unterdessen begab sich mit Karlchen Krake etwas Scheußliches. Karlchen Krake wurde braun, rot und gelb, Karlchen Krake bekam Warzen auf der Haut vor lauter Wut, daß ihm jedes Mittagessen entschlüpft war, und Karlchen Krake entleerte seinen Tintenbeutel bis auf den letzten Rest. Und in der eigenen Tinte fraß Karlchen Krake sich selbst auf. Er schmeckte sich selbst ausgezeichnet; nur ein unklares Gefühl überkam ihn, als ob da etwas nicht in Ordnung sei. Aber dann war es schon zu spät.

Als Isidor Schluckigel die Poren wieder öffnete, sah er, was geschehen war, und nahm es zur chronikalen Kenntnis.

»Karlchen«, sagte er, »Karlchen Krake, ich habe es Ihnen immer gesagt, es wird noch einmal ein schlechtes Ende mit Ihnen nehmen.«

Dies war die Grabrede Isidor Schluckigels auf Karlchen Krake.

Flora Flossenfroh war inzwischen im Atlantischen Ozean gelandet. Nun war die Emanzipation der Frau vollzogen, nun war sie frei, groß und selbständig – eine Sardelle im Atlantischen Ozean! Das ist nicht viel – aber vielleicht war sie doch etwas mehr, als sie, ein kleiner schimmernder Fisch, ins Abendgold des Weltmeeres schwamm. Sie hatte die Unendlichkeit gesucht und gefunden, und so war sie, so klein sie auch war, doch größer als die Flunder, als der Herr mit dem eigenen Gemüsegarten und die akademische Seenadel, und sicherlich größer als ein behäbiger Schwamm und als Karlchen Krake.

Balduin Brummsel

Der Käfer Balduin Brummsel und seine Frau Susummse Brummsel hatten sich zur Nachtruhe im Kelch einer Tulpe niedergelassen. Es war eine rote Tulpe; denn andersfarbige Tulpen und besonders gelbe konnten Frau Susummse Brummsels Nerven nicht vertragen. An sich schien das eben belanglos; denn es war dunkel geworden, und man konnte von Farben nicht mehr viel sehen. Aber es war nichts belanglos, was Frau Susummse Brummsel betraf.

Balduin Brummsel hatte seine sechs Beine unter dem Leib gesammelt und beschloß einzuschlafen.

»Balduin«, sagte Frau Susummse Brummsel,»es ist sehr dunkel geworden. Weißt du es auch bestimmt, daß es eine rote Tulpe ist, in der wir nächtigen?«

»Ja, es ist eine rote Tulpe«, sagte Balduin Brummsel.

»Du weißt es doch, daß meine Nerven es nicht vertragen, in einer gelben Tulpe zu schlafen?« sagte Frau Susummse Brummsel.

»Ja, ich weiß es«, sagte Balduin Brummsel.

»Gelbe Tulpen sind abscheulich, warum gibt es überhaupt gelbe Tulpen?« fragte Frau Susummse Brummsel.

»Ich weiß es nicht«, sagte Balduin Brummsel.

Pause. Balduin Brummsel war nahe am Einschlafen.

»Balduin«, sagte Frau Susummse Brummsel,»Balduin, weißt du es auch gewiß, daß die Tulpe sich geschlossen hat, so daß wir gesichert schlafen können?«

»Ja, ich weiß es«, sagte Balduin Brummsel.

»Balduin«, sagte Frau Susummse Brummsel,»willst du nicht lieber noch einmal nachsehen, ob die Tulpe sich wirklich geschlossen hat?«

Balduin Brummsel kroch nach oben und kroch wieder nach unten.

»Ja, die Tulpe ist geschlossen«, sagte er, sammelte seine sechs Beine unter dem Leibe und beschloß einzuschlafen.

Pause.

»Balduin«, sagte Frau Susummse Brummsel, »hast du es bemerkt, daß die Hummel Barbara Blütenbär einen dicken Pelz trug, obwohl es ein ganz heißer Tag war?«

»Ja, ich habe es bemerkt«, sagte Balduin Brummsel.

»Ist es nicht ein Unsinn, einen dicken Pelz zu tragen, wenn es ein so heißer Tag ist?« sagte Frau Susummse Brummsel und machte eine predigende Bewegung mit den Fühlern, »warum trägt diese dumme Hummel bloß einen dicken Pelz?«

»Ich weiß es nicht«, sagte Balduin Brummsel.

»Balduin, glaubst du, daß solch ein dicker Pelz mir stehen würde?« fragte Frau Susummse Brummsel.

»Es kann sein, ich weiß es nicht«, sagte Balduin Brummsel.

Pause. Balduin Brummsel war nahe am Einschlafen.

»Balduin«, sagte Frau Susummse Brummsel, »du weißt es doch bestimmt, daß die Tulpe sich geschlossen hat?«

»Ja, ich weiß es«, sagte Balduin Brummsel.

»Balduin«, sagte Frau Susummse Brummsel, »sieh doch lieber noch einmal nach, ob die Tulpe sich wirklich geschlossen hat!«

Balduin Brummsel kroch nach oben und kroch wieder nach unten.

»Ja, die Tulpe ist geschlossen«, sagte er, sammelte seine sechs Beine unter dem Leibe und beschloß einzuschlafen.

Pause.

»Balduin«, sagte Frau Susummse Brummsel, »hast du es bemerkt, daß die Biene Melitta Emsig bloß einen leichten Jumper trug, obwohl es doch ein kühler Tag war?«

»Ja, ich habe es bemerkt«, sagte Balduin Brummsel, »aber sagtest du nicht eben, daß es ein sehr heißer Tag gewesen wäre?«

»Wie kann ich sagen, daß es ein heißer Tag war, wenn es ein ganz kühler Tag gewesen ist?« sagte Frau Susummse Brummsel und machte eine predigende Bewegung mit den Fühlern. »Ist es nicht ein Unsinn, bloß einen leichten Jumper zu tragen, wenn es ein so kühler Tag ist? Warum trägt diese dumme Biene bloß einen so leichten Jumper?«

»Ich weiß es nicht«, sagte Balduin Brummsel.

»Balduin, glaubst du, daß solch ein leichter Jumper mir stehen würde?« fragte Frau Susummse Brummsel.

»Es kann sein, ich weiß es nicht«, sagte Balduin Brummsel.

Pause. Balduin Brummsel war nahe am Einschlafen. »Balduin«, sagte Frau Susummse Brummsel, »die Tulpe wird sich am Ende doch nicht wieder geöffnet haben?«

»Nein, das wird sie nicht«, sagte Balduin Brummsel. »Balduin«, sagte Frau Susummse Brummsel, »sieh doch lieber noch einmal nach, ob die Tulpe sich nicht am Ende doch wieder geöffnet hat!«

Balduin Brummsel kroch nach oben und kroch wieder nach unten.

»Nein, die Tulpe hat sich nicht wieder geöffnet«, sagte er, sammelte seine sechs Beine unter dem Leibe und beschloß einzuschlafen.

Pause.

»Balduin«, sagte Frau Susummse Brummsel, »warum frißt dein Vetter, der Maikäfer Zacharias Zange, so viele Blätter an einem Tage?«

»Ich weiß es nicht, wahrscheinlich hat er Appetit«, sagte Balduin Brummsel.

»Balduin«, sagte Frau Susummse Brummsel und machte eine predigende Bewegung mit den Fühlern, »du mußt das wissen, Balduin, es ist doch eine Familienangelegenheit, und ich finde, es ist peinlich, Verwandte zu haben, die so unmäßig fressen.«

Balduin Brummsel überkam eine tiefe Erschöpfung. »Balduin«, sagte Frau Susummse Brummsel, »glaubst du vielleicht, daß es mir bekommen würde, wenn ich soviel fressen würde wie dein Vetter Zacharias Zange?« »Es kann sein, ich weiß es nicht«, sagte Balduin Brummsel.

Pause. Balduin Brummsel war nahe am Einschlafen. »Balduin«, sagte Frau Susummse Brummsel, »du weißt es doch ganz gewiß, daß die Tulpe sich nicht am Ende wieder geöffnet hat?«

»Ja, ich weiß es«, sagte Balduin Brummsel.

»Balduin«, sagte Frau Susummse Brummsel, »willst du nicht lieber doch noch einmal nachsehen, ob die Tulpe sich nicht ....«

»Nein, das werde ich nicht tun«, schrie Balduin Brummsel, »ich weiß es genau, daß die Tulpe sich nicht wieder geöffnet hat, denn sie hatte sich gar nicht geschlossen. Es ist auch gar keine rote Tulpe, sondern eine ganz gelbe. Ein dicker Pelz und ein leichter Jumper würden dir nicht stehen, und wenn du soviel fressen würdest wie Zacharias Zange, so würdest du noch mehr fragen, als du es jetzt schon tust!«

Balduin Brummsel schlief diese Nacht, zum erstenmal in seiner Ehe, ausgezeichnet. Frau Susummse Brummsel tat, zum erstenmal in ihrer Ehe, kein Auge zu. Sie schwieg zwar, auch zum erstenmal in ihrer Ehe, aber sie machte die ganze Nacht unaufhörlich und ohne eine einzige Pause predigende Bewegungen mit den Fühlern.

Heldentum

Vor dem Hühnerhause des Gutshofes standen zwei Hähne und zankten sich. Der Park dahinter träumte in Sommerstille, im Rauschen alter, hundertjähriger Bäume, in denen leise Vogelstimmen sangen. Aber die Hähne merkten nichts vom Frieden alter Baumkronen und nichts von der Heiligkeit durchsonnter Sommerstille. Sie standen da, starrten sich an und zankten sich. Es war auf dem Futterplatz, dem Ort, wo sich die meisten zankenden Hähne zusammenfinden. Man nennt das wirtschaftliche Ursachen, aber es sind eigentlich ganz andere.

»Es ist mein Korn!« sagte der eine Hahn.

»Nein, es ist mein Korn!« sagte der andere.

Es waren übergenug Körner auf der Tenne, genug, um viele Hähne satt zu machen.

Aber es mußte eben gerade dieses eine Korn sein, nur dieses eine, einzige Korn.

»Ich habe das Korn zuerst gesehen!« sagte der eine Hahn und plusterte sich bösartig.

»Nein, ich habe es zuerst bemerkt!« sagte der andere. »Aber es ist für mich bestimmt gewesen!« sagte der eine.

»Nein, es war für mich ausgesucht!« sagte der andere.

Beide fuhren aufeinander los, erhoben sich unbeholfen ein wenig in die Luft, schlugen aufgeregt mit den Flügeln und sperrten den Schnabel weit und wütend auf. Die Hähne nennen das Heldentum, und es sieht sehr possierlich aus.

»Mir gehört das Korn«, schrie der eine Hahn, »denn ich stamme von einer besseren Rasse ab.«

»Nein, ich habe die bessere Rasse!« schrie der andere.

»Ich bin aus älterer Familie!« krähte der eine.

»Nein, ich!« krähte der andere.

»Ich bin aus einem braunen Ei gekrochen!«

»Und ich aus einem weißen!«

»Braun ist vornehmer!«

»Nein, Weiß ist vornehmer!«

»Ich habe recht!«

»Nein, ich!«

»Recht hat, wer stärker ist!« kreischten beide.

Sie flatterten wütend, tanzten sonderbar halb auf der Erde, halb in der Luft umher, in sehr albernen und grotesken Sprüngen, schlugen mit den Krallen um sich und hackten giftig aufeinander los. Man nennt das Krieg und hält das für eine Notwendigkeit – um ein Korn oder auch um gar nichts. Es ist eigentlich Unsinn, aber wie soll man das einem richtigen Hahn klarmachen?

»Zankt euch nicht!« sagte eine alte Henne, die ihre kleinen gelben Küken im Park spazierenführte, unter den alten Baumkronen in durchsonnter Sommerstille.

Die Hähne fuhren wieder wütend aufeinander los, zerzauste Federn flogen nach allen Seiten, und das Korn, das, wie man es nennt, eine wirtschaftliche Ursache gewesen, war längst in den Schmutz getreten.

Oben in blauer Höhe kreiste ein Habicht. Langsam sank er tiefer und tiefer. Dann stieß er plötzlich auf das Hühnerhaus herab. Alle Hühner flohen eiligst in ihr Haus, zuallererst die beiden zankenden Hähne – denn der Stärkere hatte eben recht.

Nur die Henne konnte das Haus nicht mehr erreichen, ihre kleinen Küken konnten so schnell den weiten Weg aus dem Park nicht zurücklegen mit den schwachen und unbeholfenen Beinen. Darum blieb sie auch, lockte angstvoll die Kinder an sich heran und erwartete den entsetzlichen Feind mit klopfendem Herzen. Die Singvögel in den Baumkronen schwiegen, es war eine atemlose, beklemmende, furchtbare Stille. Nur das Herz der armen Henne schlug hörbar.

Der Habicht senkte sich schwebend bis nahe an die Erde und glitt mit unheimlichem, drohendem Rauschen seiner schweren Schwingen auf die Henne und ihre kleinen Küken zu. Eines von ihnen würde er greifen, es mit dem schrecklichen Schnabel zerreißen und mit sich fortschleppen vom grünen Rasen des Lebens, fort vom Mutterherzen, hoch in die ferne blaue Luft und in den Tod – eines von den kleinen, hilflosen, piepsenden Geschöpfen, das sie ausgebrütet, das sie betreut und geführt hatte, eines ihrer Kinder!

Einen klagenden Laut furchtbaren Jammers stieß die Henne aus. Dann geschah etwas Unerwartetes, Ungeheures, etwas, was der stolze Raubvogel noch niemals erlebt hatte. Die Henne sprang auf ihn los, sie hackte und biß nach ihm, so wütend, so mutig und so verzweifelt, daß er sich wehren mußte.

Es war ein ungleicher Kampf. Der Habicht blutete, aber die Henne blutete noch mehr. Nicht lange konnte dieser Kampf dauern. Da schrak der Habicht zusammen, wurde unsicher, erhob sich in die Luft und begann unruhig zu flattern.

Vom Gutshaus kamen die Mägde gelaufen, herbeigerufen durch das verzweifelte Geschrei der Henne, und verjagten den Habicht.

Enttäuscht und grimmig stieg der Raubvogel höher und höher, bis er, eine schwache Silhouette auf bläulichem Glas, in der klaren nordischen Sommerluft verschwand – zum ersten Male ein Geschlagener und Besiegter.

Die Henne blutete, aber doch waren es keine schweren Verletzungen gewesen, die sie erhalten. Und unter den wunden Flügeln der Mutter wanderten die kleinen gelben, hilflosen Küken in ihr Hühnerhaus zurück. Es fehlte nicht eines von ihnen.

*

Dies ist eine Geschichte, die sich wirklich begeben hat. Sie geschah vor vielen Jahren auf dem alten Gutshof von Paltemal, der die Heimat meiner Kindheit war. Die Henne ist niemals getötet worden, sie erhielt ihr Futter bis an ihr natürliches Lebensende, und jeder achtete sie hoch. Ich selbst habe sie als Knabe gekannt, und ich habe den Hut vor ihr abgenommen, sicher mit weit mehr Sinn und Recht als vor den meisten Menschen.

Zankende Hähne haben seitdem nie wieder einen Eindruck auf mich gemacht. Zankende Hähne gab es immer und gibt es heute noch – mehr als genug. Manche von ihnen werden sogar mit tönenden Namen genannt in der Weltgeschichte, so wie wir sie lernen. Es sind keine Helden.

Die wirklichen Helden aber – und es sind viele unter ihnen, welche die Weltgeschichte, wie wir sie lernen, gar nicht kennt – , die nahmen die Henne in ihre unsterblichen Reihen auf.

Josua Kragenkropf und Jesaja Krallenbein

Der Geier Josua Kragenkropf saß in einer Felsenspalte und frühstückte mit ersichtlichem Behagen. Sein langer Hals reckte sich nackt aus dem gesträubten Kragen heraus, und mit dem Schnabel säbelte er dicke Fetzen aus einem Stück angefaulten Fleisches, das er so nach und nach appetitvoll und voller Andacht hinunterwürgte. Dieser angenehme Hautgout – es schmeckte ihm wirklich ganz ausgezeichnet.

Dunkel und drohend starrte die Bergmasse des Schwarzmönchs ihm gegenüber, und hoch über ihm blitzte das Silberhorn der Jungfrau im ewigen Schnee.

Josua Kragenkropf aber war landschaftlich ganz unbeteiligt. Das alles sah er nicht, denn er frühstückte, und es schmeckte ihm vorzüglich, eben gerade, weil das Fleisch etwas angefault war und diesen angenehmen Hautgout hatte, den er überaus schätzte und den man in seinem richtigen Entwicklungsgrade nicht immer so glückhaft antraf wie heute.

Am Eingang der Felsspalte ertönte ein mehrfaches Flügelschlagen, nach der Etikette der Geier das Zeichen, daß jemand einzutreten wünschte. Josua Kragenkropf schluckte eifrig an einem besonders großen Bissen und versteckte den sehr ansehnlichen Rest seines Frühstücks in einem Felsenloch, vor das er sorgsam einen Stein mit der Kralle schob. Er tat das stets, wenn sich Gäste zeigten.

»Ist es erlaubt, einzutreten, mein lieber Kollege Kragenkropf?« sagte eine heisere Stimme, und in der Felsenspalte erschien der Geier Jesaja Krallenbein.

»Angenehm, angenehm«, sagte Josua Kragenkropf und würgte in seinem Halse, daß er Falten darin bekam, »sehr angenehm, mein lieber Kollege Krallenbein. Erfreut, sehr erfreut, Sie nach so langer Zeit wiederzusehen.«

Jesaja Krallenbein war etwas größer als Josua Kragenkropf, sein Hals war noch länger und nackter, und seine Kragenkrause sah aus, als wären die Motten hineingekommen. Er klappte den Schnabel auf und zu und roch voller Interesse in der Luft herum.

»Ein schöner Morgen, lieber Kollege, ein schöner Morgen«, sagte er, »aber etwas kühl, ja erheblich kühl, muß man sagen, besonders wenn man, wie ich, noch nichts gefrühstückt hat, lieber Kollege.«

»Unstreitig etwas kühl«, sagte Josua Kragenkropf und dachte voller Besorgnis an sein verstecktes Frühstück. Es war ja sorgfältig und sachgemäß verwahrt; aber am Ende duftete es und stieg Jesaja Krallenbein in den Schnabel. »Etwas kühl, mein lieber Kollege Krallenbein; aber wir haben ja unsere warmen dicken Daunenhosen.«

»Ich habe auf dem Magen keine Daunenhosen«, sagte Jesaja Krallenbein und sah Josua Kragenkropf in unangenehmer Weise von der Seite an. »Aber was ich sagen wollte, mein lieber Kollege Kragenkropf, haben Sie schon gefrühstückt? Sie machen einen so satten Eindruck.«

»Ich habe nichts gefrühstückt, wie sollte ich?« sagte Josua Kragenkropf und ließ die Flügel ermattet hängen, »aber nehmen Sie doch bitte Platz, mein lieber Kollege! Hier auf dem Felsrand ist eine bequeme Krallenstütze, wollen Sie sich bitte bedienen! Sie sitzen so unbehaglich. Die Krallenstütze ist dort, mehr dem Ausgang zu, mein lieber Kollege. Sie haben dort auch die herrliche Aussicht auf das Silberhorn.«

Josua Kragenkropf bekam plötzlich Sinn für landschaftliche Reize.

»Ich sitze hier sehr gut, mein lieber Kragenkropf«, sagte Jesaja Krallenbein und rutschte noch ein Stück weiter in die Höhle hinein, auf die Stelle zu, wo das duftende Frühstück von Josua Kragenkropf verschwunden war. Josua Kragenkropf wurde es unbehaglich.

»Gibt es etwas Neues auf dem Gebiete der Aviatik, mein lieber Kollege Krallenbein?« fragte Josua Kragenkropf und streckte den nackten Hals voller Besorgnis nach Jesaja Krallenbein aus. »Sie wissen ja, daß mir die wissenschaftlichen Interessen unserer Zivilisation über alles gehen.«

»Wer dächte nicht so wie Sie, mein lieber Kragenkropf?« sagte Jesaja Krallenbein, rutschte noch einmal und saß jetzt richtig auf dem Stein, hinter dem sich das Frühstück verbarg. »Ja, es gibt allerlei, es gibt allerlei. Wie gesagt, die Wissenschaft über alles. Aber sollten

Sie nicht doch bereits gefrühstückt haben? Es duftet hier so angenehm nach Hautgout – ein ganz wunderbarer Geruch, mein lieber Kollege.«

»Leider, leider ist nichts von meinem Frühstück übriggeblieben, mein lieber Krallenbein«, sagte Josua Kragenkropf und zuckte bedauernd mit den Flügeln. »Ich selbst habe nur eine Kleinigkeit zu mir genommen, und mir ist immer noch flau. Sonst wäre es mir ein Vergnügen, Ihnen etwas anzubieten. Aber die Zeiten sind schlecht, und man findet wenig in dieser unwirtlichen Gegend, die ja dafür landschaftlich wirklich sehr reizvoll ist. Sehen Sie nur, wie das Silberhorn eben wieder aufleuchtet! Aber Sie müssen etwas mehr nach vorne rükken, dem Ausgang zu. Von dort, wo Sie eben sitzen, können Sie nichts sehen.«

»Ich sehe genug und rieche genug, mein lieber Kollege Kragenkropf. Sollte nicht doch am Ende ein Stück übriggeblieben sein und der angenehm faulige Duft sich davon herleiten lassen? Sollten Sie es nicht vielleicht vergessen haben, mein lieber Kragenkropf?«

»Nein, nein, ich bin ja von einer geradezu wissenschaftlichen Genauigkeit in allem, mein lieber Kollege«, sagte Josua Kragenkropf und sperrte den Schnabel böse auf. »Ich selbst bin sehr hungrig und wollte Sie gerade fragen, ob Sie nicht etwas Genießbares wüßten. Ich friere vor Hunger, und wenn ich, wie gesagt, nicht die warmen dicken Daunenhosen hätte – aber wollten Sie mir nicht eben von der Aviatik berichten? Ich interessiere mich so sehr für jede neue Methode und überhaupt für unsere ganze Zivilisation.«

Jesaja Krallenbein sah Josua Kragenkropf erst mit dem einen, dann mit dem anderen Auge an, beide Male in einer sehr beunruhigenden Art. Auch sah er sich einige Male nach dem Stein um, auf dem er saß.

Josua Kragenkropf wurde es heiß, aber ganz unabhängig und unbeeinflußt von den Daunenhosen. Diese beängstigende Hitze kam vom Magen, vom Organ seines Appetits, und auf diesem trug er keine Daunenhosen.

»Ja, mein lieber Kollege Kragenkropf«, sagte Jesaja Krallenbein und gurgelte dabei sehr sonderbar in seinem Schlund, »was soll ich Ihnen sagen? Die Menschen fliegen.« »Die Menschen fliegen? Ein kriechendes Geschlecht, das sich bis zu unserer Höhe erheben will!« krächzte Josua Kragenkropf erbost und schielte sehr erregt nach dem Stein des Frühstücks, den nunmehr Jesaja Krallenbeins Daunenhosen völlig zudeckten.»Wie machen sie denn das, ohne Flügel? Das ist ja kaum glaublich, mein lieber Kollege.«

»Es ist ein erschreckliches Zeichen der Zeit«, sagte Jesaja Krallenbein,»aber ich habe es selbst gesehen, und meine Schwanzfedern sträubten sich, wie Sie mir gerne glauben werden. Natürlich fliegen sie nicht mit Flügeln, mein lieber Kollege. Wie sollten sie, wenn sie keine solchen haben, das wäre ja ganz unwissenschaftlich. Sie fliegen mit Maschinen, mein bester Kragenkropf, mit einem metallenen Gerippe.«

»Hä, hä«, krächzte Josua Kragenkropf und wackelte mit dem nackten Halse,»mit toten Dingern? Wie kann denn ein toter Gegenstand fliegen? Mein lieber Kollege Krallenbein, Ihre Kenntnisse in allen Ehren, aber sollte das nicht am Ende doch eine Hypothese des Morgennebels sein, sozusagen aus Ihrem nüchternen Magen entstanden, aus dem Frost heraus? Denn wie ich eben bemerke, sind auch Ihre Daunenhosen erheblich dünn geworden mit dem Alter, ein wenig fadenscheinig, mein lieber Krallenbein. Sie müssen unbedingt mehr in die warme Sonne rücken, dem Ausgang zu, hier, wo Sie auch die bequeme Krallenstütze haben.«

Du wirst bald sehen, wie tote Gegenstände fliegen, dachte Jesaja Krallenbein und klappte höhnisch mit dem Schnabel, ich werde dir meine fadenscheinigen Daunenhosen schon eintränken, du altes Ekel.

»Mein lieber Kollege Kragenkropf«, sagte er sodann,»hier ist nichts von einer Hypothese und nichts von Morgennebel, wenn sich auch mein nüchterner Magen noch nicht durch ein Frühstück, das Sie mir angeboten hätten, erholt hat. Aber Sie scheinen mir nicht ganz auf dem Posten zu sein, nicht ganz denkklar, nicht exakt genug. Wohl noch etwas von der letzten Mauser nachgeblieben, eine kleine Schwäche, so hoch ich sonst natürlich Ihre Kenntnisse stelle, mein lieber Kollege Kragenkropf.«

Josua Kragenkropf sah Jesaja Krallenbein voller Gift und Bosheit an.»Solange Sie nicht den krallengreiflichen Beweis erbringen, werter Kollege ....«

»Da fliegt einer!« krächzte Jesaja Krallenbein und zeigte mit der Kralle nach dem Ausgang der Felsenhöhle.

Josua Kragenkropf vergaß alle Kränkungen von Schwäche und Mauser und das duftende Frühstück und eilte hinaus. An ihm vorüber in elegantem Gleitflug segelte Jesaja Krallenbein mit Josua Kragenkropfs duftendem Frühstück im Schnabel. Sonst war nichts zu sehen.

»Tote Gegenstände fliegen, im Schnabel, mein lieber Kollege, und bald in meinem Magen, das ist der krallengreifliche Beweis«, gurgelte er sehr unangenehm und verschwand in der Ferne.

Josua Kragenkropf war nach anderen krallengreiflichen Beweisen zumute, die er dem Kollegen gerne beigebracht hätte; aber Jesaja Krallenbein war der Stärkere, und das ist überall eine überzeugende Logik. Dafür flog Josua Kragenkropf nach der Felsspalte Jesaja Krallenbeins und holte sich Jesaja Krallenbeins Frühstück. Es verriet sich durch einen angenehm fauligen Duft, durch diesen selten schönen Hautgout, der keineswegs immer so vorzüglich anzutreffen ist. Das Frühstück war sorgsam hinter einem Stein verschlossen, in durchaus gleicher Weise, wie Josua Kragenkropf das seinige verwahrt hatte.

»Welch ein Segen liegt in der Zivilisation und ihrer stets gleichen wissenschaftlichen Methodik!« sagte Josua Kragenkropf, und es schmeckte ihm vorzüglich. »Aber sollten die Menschen wirklich fliegen können? Am Ende werden sie noch Geier werden?« Ihn schauderte vor dieser Vorstellung. Er zog den nackten Hals fröstelnd in den Federkragen ein und plusterte die dicken Daunenhosen auf.

Ach, mein verehrter Josua Kragenkropf, die Menschen brauchen nicht erst Geier zu werden. Sie genießen voller Behagen den Duft einer verfaulten Zivilisation, sie reden von einer Wissenschaft, die ständig in der Mauser ist – mein lieber Kollege Kragenkropf, mein lieber Kollege Krallenbein – , und fressen sich gegenseitig das Frühstück weg.

Der Oberaffe

Indiens Morgenhimmel blaute über Indiens Gefilden und tauchte alle Wunder des Daseins in das Licht des jungen Tages unter Brahmas Sonnensegen.

»Sehr weise und sehr lichtvoll ist diese Welt«, sagte der Elefant Nalagiri Lappenhaut, erhob sich vom Schlaf und stellte sich auf seine Säulenbeine, um nachzudenken, das breite Haupt nach Osten gewendet, denn er war voller Erfahrung und seine Seele war stille und klar wie Indiens Morgenhimmel.

Um ihn herum aber war es nicht stille. Im Geäst der Bäume regte sich vielfältig ein Gewimmel von Köpfen, Beinen, Händen und Schwänzen. Eine Affenversammlung wählte ihren Oberaffen. Wo sich Affen versammeln, wählen sie immer einen Oberaffen, sonst gäbe es kein richtiges Affentheater, und das wollen die Affen überall haben, in Indien und in der ganzen Welt, wo es nur immer richtige Affen gibt – und es gibt sehr viele. Zum Oberaffen wird immer der Affe gewählt, der das größte Maul und das stärkste Gebiß hat, und eine solche Wahl ist, wie alle Wahlen in der ganzen Welt, wo Affen wohnen, ein Ereignis mit sehr lebhaften Begleiterscheinungen. Zuerst erhebt sich ein entsetzliches Geschnatter, so daß keiner mehr verstehen kann, was der andere sagt, denn das ist bei der Wahl auch gar nicht nötig. Dann fangen sie an, sich zu beißen, zu prügeln und zu Knäueln zu ballen, bis sich Knäuel um Knäuel löst und aus dem letzten Knäuel, der sich aus allen Knäueln herausgebissen hat, der also gewählte Oberaffe aufsteigt.

So war es auch dieses Mal, und der Oberaffe des jungen Tages hieß Krakelius Kreckeckeck. Er setzte sich auf die allerhöchste Baumspitze und fletschte die Zähne, wobei er vielfache Falten auf der Nase bekam, was einen überaus unverbindlichen Eindruck machte. Dafür war er der Oberaffe.

»Sehr geräuschvoll sind viele Geschöpfe dieser Erde«, sagte der Elefant Nalagiri Lappenhaut, schloß peinvoll und ergeben die großen Ohren und wechselte die Stellung seiner Säulenbeine, um nachzudenken, das breite Haupt nach Osten gewendet.

»Ich übernehme jetzt die Regierung«, sagte Krakelius Kreckeckeck und fletschte nochmals die Zähne. »Eine Regierung besteht
darin, daß sie anderen Beschränkungen auferlegt, vor allem also
....«»Wir wollen keine Beschränkungen, wir wollen Freiheit!« brüllten
die Affen.

»Maul halten!« sagte Krakelius Kreckeckeck, »es gibt keine Freiheit für Affen und auch nicht für eine richtige Affenregierung. Es
muß alles beschränkt sein. Ihr müßt beschränkt werden, und ich bin
schon beschränkt, weil ich amtlich beschränkt bin. Dafür bin ich der
Oberaffe!«

Großes Geschnatter.

»Vor allem brauchen die kleinen Affen nicht immer in den Mut-
terarmen herumzuliegen und verhätschelt zu werden. Das verzär-
telt das kommende Geschlecht; wir aber brauchen standhafte und
mutige Affen, wie ich einer bin.«

»Was weißt denn du von Kindererziehung?« grinsten die Affen-
mütter, »wir lassen uns unsere süßen Kleinen nicht nehmen.«

»Ich weiß sehr viel von Kindererziehung, weil ich eine Regierung
bin«, sagte Krakelius Kreckeckeck, »ich weiß von allem etwas, denn
ich weiß es amtlich. Dafür bin ich der Oberaffe!«

»Du weißt von allem etwas und weißt gar nichts«, sagte eine junge Affenmutter und zeigte die Zähne.

»Ferner«, sagte Krakelius Kreckeckeck, »sollen sich die jungen
Leute nicht soviel untereinander kratzen. Das schickt sich nicht. Sie
sollen lieber Beinübungen machen; das schafft die Jugend, die wir
brauchen. Unsere Zukunft liegt in den Beinen.«

Großes Geschnatter.

»Wir kratzen uns, wenn es uns juckt«, schrien die jungen Mädchen und jungen Männer, »du kratzt dich ja auch.«

»Das ist etwas anderes«, sagte Krakelius Kreckeckeck, »wenn es
mich juckt, so juckt es mich amtlich, und wenn ich mich kratze, so
kratze ich mich amtlich. Dafür bin ich der Oberaffe!«

Dabei juckte es ihn, und er kratzte sich amtlich. »Ferner sollen alle
Affen nicht herumlungern, sondern fleißig Früchte sammeln. Das

sind unsere Vorräte für die Zeiten der Not, und das ist eine Maßnahme der Regierung.«

»Wir wollen fressen und nicht sammeln«, schrien die Affen.

»Das könnte euch passen«, sagte Krakelius Kreckeckeck, »nur immer so von der Pfote in die Schnauze zu leben; aber das kann eine Regierung nicht dulden. Ihr sollt sammeln, und was ihr sammelt, sollt ihr mir bringen. Eine richtige Affenregierung steckt alle Früchte ein, die andere sammeln.«

»Um sie selbst zu fressen!« brüllten die Affen. »Jawohl«, schrie Krakelius Kreckeckeck, »und wenn ich alles selber fresse, so fresse ich es amtlich. Dafür bin ich der Oberaffe!«

Großes zunehmendes Geschnatter sämtlicher Affen und Äffinnen. Es war kein Wort mehr zu verstehen. Plötzlich verstummte das Geschnatter.

Aus dem Dickicht heraus trat im elegant gestreiften Fellkleid und mit sehr erbostem Gesichtsausdruck die Tigerin, Frau Miesimissa Pfotenpuff. Alles verkroch sich eiligst höher auf die Bäume; denn ein Tiger hat für Leute, die keine Tiger sind, sehr leicht etwas Unbehagliches.

»Was ist das für ein scheußlicher Lärm?« fauchte Frau Miesimissa Pfotenpuff, »meine süßen Kinder, die kleinen Pfotenpuffs, können nicht schlafen vor eurem dummen Geschnatter.«

»Wir müssen so viel schnattern, weil wir eine Regierung und einen Oberaffen haben«, sagte ein kleiner Affe, ein noch ganz unschuldiges Geschöpf.

»Wo ist euer Oberaffe?« fragte Frau Pfotenpuff und schlug mit der Tatze bedenklich auf einen Baumstamm.

»Der Oberaffe, der Oberaffe«, schrien die Affen ängstlich und liefen suchend durcheinander, »der Oberaffe soll uns verteidigen, er soll mit Frau Pfotenpuff reden. Wo ist der Oberaffe?«

Aber der Oberaffe war nicht mehr da.

Endlich entdeckte man in einem Baumloch ein Hinterbein, das einsam und angstvoll herausragte. An diesem amtlichen Hinterbein zog man Krakelius Kreckeckeck aus dem Loch hervor und stellte ihn auf seine schlotternden Glieder. Er strebte wieder ins Loch zurück und ruderte heftig mit Armen und Beinen; aber die anderen Affen hielten ihn fest.

»Bist du der Oberaffe?« fragte Frau Miesimissa Pfotenpuff und leckte sich in einer sehr unangenehmen Weise die Schnauze.

Krakelius Kreckeckeck reckte eine Hand und ein Bein in die Höhe, eine Schwurhand und ein Schwurbein.

»Nie bin ich Oberaffe gewesen«, beteuerte er, »niemals. Wie sollte ich Oberaffe werden? Ich bin viel zu schwach und kränklich. Mein Fleisch ist auch nicht gesund, und ich bin ganz mager. Ja, nicht einmal mein Fell ist etwas wert, die Motten sind hineingekommen. Nein, um mich lohnt es sich wirklich nicht, daß Sie sich bemühen. Sie sahen ja, wie man mich aus dem Baumloch herausgezogen hat, ich war vor Schwäche hineingefallen, vor lauter Schwäche.«

»Hast du nicht eben über Kindererziehung geredet? Hast du nicht eben gesagt, daß du standhaft und mutig bist?« fragte Miesimissa Pfotenpuff.

»Wie sollte ich? Ich verstehe ja nichts von Kindererziehung. Nie hab' ich etwas davon verstanden«, sagte Krakelius Kreckeckeck und schlotterte an Armen und Beinen. Und ich und mutig? Ach, du lieber Gott, du lieber Gott ....« Krakelius Kreckeckeck jammerte beweglich.

»Hast du nicht eben vom Jucken und Kratzen der Jugend gesprochen?« fragte Miesimissa Pfotenpuff und knurrte beängstigend. Krakelius Kreckeckeck setzte fieberhaft seine Schwurhand und sein Schwurbein in Bewegung.

»Niemals, niemals«, beteuerte er, »ich bin froh, wenn es mich selber nicht juckt.«

»Du wolltest aber doch Früchte einheimsen, die andere gesammelt haben«, meinte Miesimissa Pfotenpuff, »also bist du doch ein Oberaffe.«

Die Schwurhand und das Schwurbein bekamen geradezu Zuckungen.

»Beim Tempel von Benares, beim Fell meiner Väter, ich schwöre es mit Armen und Beinen, niemals habe ich solche Dinge gesagt.

Wie käme ich dazu? Ach, ich armes, schwaches Geschöpf. Glauben Sie doch das nicht von mir, meine liebe Frau Pfotenpuff!«

»Ich bin nicht deine liebe Frau Pfotenpuff, du dummer Affe«, sagte Miesimissa, »ich werde dir die Flöhe aus dem Fell klopfen.« Frau Miesimissa Pfotenpuff war eine Dame. Es ist peinlich, es zu sagen, aber sie gebrauchte diesen Ausdruck. Aus der Tiefe des Dschungels klang leise klagend ein miauendes Weinen, mehrstimmig.

»O Himmel«, sagte Miesimissa Pfotenpuff, »meine süßen Kinder, die kleinen Pfotenpuffs, die ihr gestört habt, weinen nach mir. Sie sind hungrig. Ich muß nach Hause. Aber ich schicke euch meinen Mann, wenn er von der Jagd zurückkommt. Er soll die ganze Angelegenheit untersuchen. Er wird euch was, ihr Affenbande!«

Miesimissa Pfotenpuff verschwand im Dickicht, und bald darauf lagen die kleinen Pfotenpuffs in den mütterlichen Tatzen, tranken mit selig zugekniffenen Augen und schnurrten laut und wonnevoll.

Die Affen beschlossen in sehr begreiflicher Weise, die Ankunft des angekündigten Herrn Pfotenpuff lieber nicht abzuwarten. Kaum war Frau Miesimissa Pfotenpuff verschwunden, als eine regellose Flucht einsetzte, ein wirres Gewimmel von Köpfen, Armen, Beinen und Schwänzen – als erster und allen weit voran floh Krakelius Kreckeckeck, denn er floh amtlich. Dafür war er der Oberaffe. Im Geäst der Bäume wurde es stille. Indiens Morgenhimmel blaute über Indiens Gefilden und tauchte alle Wunder des Daseins in das Licht des jungen Tages unter Brahmas Sonnensegen.

»Sehr weise und sehr lichtvoll ist diese Welt«, sagte der Elefant Nalagiri Lappenhaut und wechselte die Stellung seiner Säulenbeine, um nachzudenken, das breite Haupt nach Osten gewendet, »aber sehr unweise und sehr geräuschvoll sind viele Geschöpfe. Sehr unweise und sehr geräuschvoll ist insbesondere das Affentheater auf dieser Erde, und am unweisesten und am geräuschvollsten sind die Oberaffen.«

Peter Plüsch

In der Erde, in geräumigen und behaglichen Kammern, wohnte der Maulwurf Peter Plüsch. Seine Wohnung war sehenswert, denn Peter Plüsch war ein Meister der Innenarchitektur. Die Zimmer waren regelmäßig und in gefälligen Formen, die Wände sauber geglättet, und der Boden war reichlich mit Ruhelagern aus Moos und Gräsern versehen, so daß es warm und weich war, wohin man auch mit der Pfote tupfte. Noch weicher als Moos und Gräser war Herr Peter Plüsch selbst, ebenso weich wie er war seine Gattin Frau Pauline Plüsch, und noch viel weicher, beinahe unwahrscheinlich weich waren seine drei Kinder, die kleinen Plüschs. Die kleinen Plüschs waren so weich, daß man es nicht einmal hören konnte, wenn sie sich im Kinderzimmer balgten. Man sollte meinen, daß so weiche Leute in einer so weichen Wohnung ein großes Behagen entfaltet hätten; aber es war leider nicht so. Peter Plüsch hatte ein sehr unruhevolles Temperament, und der Grundsatz seines Lebens war Wühlen. Unaufhörlich lief er in den großen Korridoren, die seine Wohnung mit der Außenwelt verbanden, spazieren, grub nach rechts und grub nach links und schnupperte nach Engerlingen, Regenwürmern und sonstigen appetitlichen Dingen. Diese roch er schon von weitem, und mit seinen Schaufelpfoten schaufelte er sich mit einer erstaunlichen Emsigkeit und Geschwindigkeit weiter, so daß er gleichsam in der Erde schwamm wie ein Fisch im Wasser. Solch ein Schaufelmeister war Peter Plüsch. Nur sah er nicht gut, er hatte ganz kleine, mohnkorngroße Augen, wie das begreiflich ist bei jemand, der immer unter der Erde nach Engerlingen sucht, und wenn er einmal auftauchte und deutlicher sehen wollte, so mußte er die Haare über seinen Augen zurückstreichen, damit er etwas wahrnehmen konnte. Aber meistens grub er, daß ihm der Sand nur so aus den Pfoten flog. Das war Peter Plüsch.

»Peter«, fragte Frau Plüsch, die eben aus der Speisekammer kam, »die Vorräte sind aufgeschichtet, was soll ich jetzt tun?«

»Wühlen!« sagte Peter Plüsch.

»Papa«, fragten die kleinen Plüschs und guckten aus dem Kinderzimmer, »Papa, wir haben genug gespielt. Was sollen wir jetzt tun?«

»Wühlen!« sagte Peter Plüsch.

Plüschs wühlten. Peter Plüsch wühlte, Frau Plüsch wühlte, und die kleinen Plüschs wühlten. Peter Plüsch aber wühlte am schnellsten. Er schaufelte so erheblich, daß er etwas außer Atem kam und nach oben tauchte, um Luft zu schöpfen.

Wie er gerade die kleine Schnauze aus einem rieselnden Erdhaufen emporstreckte, sah er etwas sehr Sonderbares vor sich sitzen – lang, grün, mit bemerkenswerten Beinen und bedenklichen Fühlern. Es war dies der Grashüpfer, der Sachverständige für Wiesenkunde, Herr Magister Pankratius Plötzlich. Er saß im Grase und trank seinen Abendtau.

Peter Plüsch war noch jung, er hatte nur selten einen Grashüpfer gesehen und jedenfalls keinen so ungeheuer großen. Er schnupperte erstaunt in der Luft herum, schob die Haare von seinen mohnkorngroßen Augen beiseite und besah sich das grüne Wunder von allen Seiten. »Wer sind Sie?« fragte er unvermittelt. Peter Plüsch war etwas manierlos.

Der Grashüpfer bewegte die Fühler bedenklich hin und her und sah aus hervorquellenden Augen auf Peter Plüsch. »Ich bin Sachverständiger für Wiesenkunde, Magister Pankratius Plötzlich«, sagte er erhaben.

Peter Plüsch hielt es nicht für nötig, sich ebenfalls vorzustellen, er gab wenig auf feine Umgangsformen, die vielen Erdarbeiten bringen das so mit sich. Er beguckte sich den Magister von allen Seiten, aber er konnte nicht klug daraus werden. »Das muß ich meiner Familie zeigen«, sagte er, »wühlen, wühlen!« Und er wühlte sich eiligst zu einem seiner Gänge und rief in die Wohnung hinein: »Pauline, Kinder, kommt schnell, draußen sitzt ein grüner Magister mit langen Beinen und sieht knusprig aus, am Ende ist er zu essen. Kommt schnell, wühlen!« Frau Plüsch und die kleinen Plüschs wühlten. Sie wühlten emsig und voller Eifer.

Nahe dem Magister, auf einem feuchten kühlen Stein, saß die Kröte Sibylle Warzenreich. Frau Warzenreich war weisheitsvoll wie alle Kröten und zudem noch eine ganz besonders erfahrene alte Dame.

»Herr Magister«, sagte sie, »dies war Peter Plüsch. Peter Plüsch hat einen großen Appetit und sehr mangelhafte Umgangsformen. Mir schien, als schnuppere er in einer unangenehmen Weise um Sie herum. Es ist nicht unmöglich, daß er sich mit Verspeisungsabsichten in bezug auf Ihre werte Person trägt.«

Der Magister und Sachverständige für Wiesenkunde legte arrogant die Fühler zurück, obwohl es ihm etwas unbehaglich wurde, er wollte das aber bei seiner Gelehrtenwürde nicht zeigen.

»Vielen Dank, gnädige Frau, aber über derartige Leute setze ich mich hinweg«, sagte er erhaben.

Jetzt tauchten Plüschs aus dem Erdboden wieder auf, zuerst Peter Plüsch, dann Frau Plüsch und nachher die drei kleinen Plüschs. Alle richteten die mohnkorngroßen Augen auf den Magister und betrachteten ihn. Peter Plüsch schnupperte dazu bedenklich.

»Dies ist der Sachverständige für Wiesenkunde, Magister Pankratius Plötzlich. Ich habe solch ein Vieh noch nicht gesehen.«

Ich sagte es schon einmal, daß Peter Plüsch etwas einfache Umgangsformen hatte.

Der Sachverständige für Wiesenkunde hob die Fühler in die Höhe und sah erhaben aus.

»Sagen Sie mal«, sagte Peter Plüsch und schnupperte schon wieder, »Sie sehen so knusprig aus, Sie sind am Ende eßbar?«

Magister Pankratius Plötzlich erblaßte. Er wurde hellgrün im Gesicht, während er sonst dunkelgrün war. Jetzt legte er die Fühler nach vorne, es sah abwehrend aus.

»Los!« schrie Peter Plüsch, und Plüschs fuhren alle zusammen auf den knusprigen Magister los. Magister Pankratius Plötzlich aber sprang mit einem gewaltigen Satz über Peter Plüsch, Frau Plüsch und die kleinen Plüschs weg, so daß Plüschs nichts mehr von ihm sahen, sondern mit den Nasen zusammenstießen.

Peter Plüsch war wütend und zischte etwas, was unmanierlich klang. Die Sache war ihm peinlich, Pauline und den Kindern gegenüber, und er ärgerte sich sehr.

»Papa, wo ist der Magister geblieben?« fragten die kleinen Plüschs.

»Er ist in der Erde verschwunden, wo kann man sonst verschwinden als in der Erde?« sagte Frau Plüsch und sah den Gatten ratlos an,»was sollen wir tun?«

»Wühlen!« sagte Peter Plüsch, und Plüschs wühlten sich tief in die Erde hinein.

»Schnelligkeit ist doch die Hauptsache im Leben, das habe ich immer gesagt«, sagte die Schnecke Patientia Eilig, die auf einem Mauerrand klebte,»wäre ich jetzt nicht so schnell fortgeeilt wie der Magister, hätte Peter Plüsch mich am Ende auch noch gefressen.«

Und sie schob sich zufrieden um einen ganzen Millimeter weiter. Nur dachte sie nicht daran, daß Peter Plüsch sie gar nicht gesehen hatte.

Es war Nacht geworden, und Plüschs wühlten immer noch. Sie suchten nach dem Sachverständigen für Wiesenkunde, Magister Pankratius Plötzlich.

»Es gibt so viele, die in der Erde wühlen nach dem, was über der Erde ist«, sagte die Kröte Sibylle Warzenreich; denn die Kröten sind sehr weisheitsvoll, und Frau Warzenreich war eine besonders erfahrene alte Dame.»Das Wühlen nützt gar nichts, Herr Peter Plüsch, es sind zwei Reiche, eines in der Erde und eines über der Erde – und vielleicht sind es noch viel, viel mehr.«

Sibylle Warzenreich seufzte und sah nach oben. Die Sterne gingen über ihr auf.

Nachruhm

Die Totenfeier am Sarge des berühmten Anatomen und Leiters des Physiologischen Instituts der alten Universität gestaltete sich zu einer ergreifenden Huldigung der akademischen Kreise vor den Verdiensten des großen Verstorbenen. Der Katafalk war mit Kränzen und seidenen Schleifen behängt, in Lorbeer und Blumen gehüllt, brennende Wachskerzen umrahmten ihn, und vor ihm waren auf samtenen Kissen die zahlreichen Orden ausgebreitet, die der gelehrte Forscher mit berechtigtem Stolz getragen hatte. Zu beiden Seiten der Bahre standen die Chargierten der Korporationen mit blanken Schlägern, und neben den Angehörigen saßen der Senat der Universität in vollem Ornat, sämtliche Professoren der Hochschule und die Vertreter der Behörden. Der Priester hatte soeben seine Rede beendet, die allen tief zu Herzen gegangen war.

»Er war ein vorbildlicher Mensch und ein vorbildlicher Gelehrter«, schloß er, »er war das eine, weil er das andere war, denn ein großer Forscher sein, heißt ein großer Mensch sein. Wir stehen an der Bahre eines ganz Großen, mit Trübsal in der Seele, weil er uns genommen ist. Aber mitnichten sollen wir trauern und wehklagen; denn dieser große Tote ist nicht tot, er lebt weiter und steht nun vor Gottes Thron im vollen Glänze seines ganzen arbeitsreichen Lebens, wie es denn in der Schrift heißt: Sie ruhen von ihrer Arbeit, und ihre Werke folgen ihnen nach!«

Alle schwiegen ergriffen, und es fiel auch niemand auf, daß der Priester anscheinend eine Kleinigkeit vergessen hatte, nämlich die, daß der große Tote, der nun vor Gottes Thron stehen sollte, sein ganzes Leben lang für die Überzeugung eingetreten war, daß es gar keinen Gott gäbe. Aber solche Kleinigkeiten werden bei Grabreden meistens vergessen.

Hierauf erhob sich der Rektor der Universität mit der goldenen Amtskette um den Hals und sprach mit bewegter Stimme warme Worte des Nachrufes für seinen berühmten Kollegen.

»Er war allezeit eine Zierde unserer alten Alma mater und eine Zierde der Wissenschaft, der er sein ganzes Dasein geweiht hatte, ein Vorbild uns und allen, die nach uns kommen werden, denn auf ewig wird sein Name in goldenen Lettern auf den Marmortafeln der menschlichen Kultur glänzen. Ich kann in diesem ernsten und feierlichen Augenblick nur weniges aus der Überfülle seines Geistes herausgreifen, nur andeuten, wie er unermüdlich an unzähligen Tierversuchen Beweis auf Beweis gehäuft. Es ist nicht auszudenken, welche unerhörten Perspektiven sich mit diesen völlig neuen medizinischen Tatsachen der leidenden Menschheit und der Wissenschaft als solcher eröffnen. Nur nacheifern können wir dem gewaltigen Forscher, der uns solche Wege gewiesen, und wir und die ihn bewundernde akademische Jugend, der er ein Führer zu wahrem Menschentum war, wir wollen an seiner Asche geloben, sein Lebenswerk fortzusetzen und auszubauen, zum Heile der europäischen Wissenschaft und zur Ehre unseres geliebten Vaterlandes. Es hat unserem großen Toten nicht an reicher Anerkennung gefehlt, wie wir dankbar feststellen können, auch von allerhöchster Stelle sind ihm ehrenvolle Zeichen der Huld zuteil geworden« – alle Blicke richteten sich staunend auf das Samtkissen mit den Orden, die einige Pfund wogen – , »ja, noch kurz vor seinem Tode ward ihm die Freude, zum Wirklichen Geheimen Medizinalrat mit dem Prädikat Exzellenz ernannt zu werden, eine Ehrung, die mit ihm auch unsere ganze Hochschule als solche empfunden hat. So reich aber sein Ruhm auch war, noch reicher wird sein Nachruhm sein für alle Zeiten, und wir, die wir ihm nachtrauern, wollen es ihm gönnen, daß er nun ruhe von seiner Arbeit, daß er auf der Asphodeloswiese lustwandele mit den großen Geistern aller Zeiten, zu denen ihn seine Werke erhoben haben, und so darf auch ich schließen mit den Worten meines geistlichen Vorredners: Und ihre Werke folgen ihnen nach!«

Alle waren voller Andacht, teils vor der europäischen Wissenschaft und teils vor dem Prädikat Exzellenz. Der Rektor Magnifikus hatte nur die Kleinigkeit außer acht gelassen, daß die europäische Wissenschaft die Asphodeloswiese eine Fabel nennt und von den großen Geistern der Vergangenheit behauptet, daß sie sich in chemische Substanzen aufgelöst haben. Aber das sind ja Kleinigkeiten, und es ist das Vorrecht der heute üblichen Bildung, ein griechisches Wort zu gebrauchen für etwas, bei dem man sich nichts mehr denkt. Wenn man überhaupt denken wollte – du lieber Gott, wo käme man da hin bei unserer heutigen Zivilisation und der europäischen Wissenschaft!

Der Vertreter des Staates erklärte, daß der Verstorbene eine Säule des modernen Staatswesens gewesen sei, und der Vertreter der Stadt sagte, daß der Magistrat einstimmig beschlossen habe, einer Straße den Namen des großen Toten zu verleihen. Der Kirchenchor sang ein Lied, es war ein altes Lied aus einer alten Zeit, andere Menschen mit anderer Gesinnung hatten dies alte Lied geschaffen, und es nahm sich seltsam aus nach den tönenden Worten von heute. Sehr leise und überirdisch sang es wie mit fremden Stimmen durch den Raum: »Wie wird's sein, wie wird's sein, wenn wir ziehn in Salem ein, in die Stadt der goldnen Gassen....«

Dann sank der Sarg in die Tiefe.

Der Tote hatte die ganze Zeit dabeigestanden. Ihm war, als habe sich eigentlich nicht viel geändert. Er erinnerte sich nur, einen sehr lichten Glanz gesehen zu haben, dann war alles wieder wie sonst, und er wußte kaum, daß er gestorben war. Nur leichter war alles an ihm, keine Schwere mehr und keine grobe Stofflichkeit. Ein großes Erstaunen faßte ihn – es gab also doch ein Fortleben nach dem Tode, die alte Wissenschaft hatte recht, und die neue hatte unrecht. Aber es war schöner so, und es beruhigte ihn sehr, obwohl es anfangs etwas Quälendes hatte, daß er mit niemand mehr sprechen konnte, daß keiner seiner Angehörigen und seiner Kollegen merkte, wie nahe er ihnen war. Immerhin war es tröstlich, zu hören, wie man ihn feierte und daß man so zuversichtlich von Gottes Thron und von der Asphodeloswiese gesprochen hatte. Freilich – die Titel und Orden fehlten ihm, sie erschienen nicht mehr greifbar. Aber war er nicht immer noch der große Gelehrte, der berühmte Forscher? Hieß es nicht: und ihre Werke folgen ihnen nach? ...

Er war nun allein, die Umrisse des Raumes wurden dunkel und verschwammen ins Raumlose. Es war sehr still, nur ganz ferne verklang das alte Lied, kaum noch hörbar: Wenn wir ziehn in Salem ein – in die Stadt der goldnen Gassen ....

Das würde nun erfolgen, vielleicht gleich. Eine große Spannung erfüllte ihn; aber in dieser Spannung war etwas von Angst, etwas Unsagbares, eine große bange Frage, die ihn ganz ausfüllte. Es war auch so dunkel geworden, man konnte nichts mehr sehen.

Dann wurde es hell, und ein Engel stand vor ihm. Also auch das gab es. Dann würde es ja auch einen Gott geben und die vielen Toten, die lebendig waren, und das geistige Jerusalem. Wie schön war das alles! Aber der Engel sah ernst und sehr traurig aus.

»Wohin willst du?« fragte er.

»Ins Paradies.«

»Komm!« sagte der Engel.

Große dunkle Tore öffneten sich lautlos, und sie traten in einen Raum, der grell erleuchtet war. Die Wände waren blutrot, und auf dem Boden hockten unzählige verstümmelte Tiere und wimmerten. Sie streckten die zerschnittenen Glieder nach dem Toten aus und sahen ihn aus geblendeten und erloschenen Augen an. Immer weiter, ins Unabsehbare, dehnte sich ihre Reihe.

»Hier sind die Hündinnen, denen du bei lebendigem Leibe die Jungen herausgeschnitten hast. Hattest du keine Kinder, die du liebtest? Wenn deine Kinder sterben, und sie suchen den Vater im Paradies, so werden sie dich hier finden. Es ist das Paradies, das du dir geschaffen hast. Hier sind die Katzen, denen du das Gehör zerstört hast unter gräßlichen Martern. Gott gab ihnen ein so feines Gehör, daß es ein Wunder der Schöpfung ist. Du wirst nichts mehr hören als das. Hier sind die Affen und Kaninchen, denen du das Augenlicht nahmst. Gott gab es ihnen, um die Sonne zu sehen. Sahst du nicht auch die Sonne dein Leben lang? Du wirst nun nichts mehr sehen als diese geblendeten und erloschenen Augen. Soll ich dich weiterführen? Es ist eine lange, lange Reihe.«

»Das ist entsetzlich«, sagte der Tote.

»Das ist es«, sagte der Engel.

»Leben denn alle diese Tiere weiter?« fragte der Tote.

»Alle diese Tiere leben bei Gott«, sagte der Engel, »du kannst nicht dorthin, denn sie stehen davor und klagen dich an, sie lassen dich nicht durch. Was du hier siehst, sind ihre einstigen Spiegelbilder, es sind deine Werke, und sie bleiben bei dir. Du wirst alle ihre Qualen an dir erfahren, bis du wieder zur Erde geboren wirst, um zu sühnen. Es ist ein langer und trauriger Weg. Aber sie werden nicht deine einzigen Gefährten sein, du hast noch einen anderen, sieh her, wer vor dir steht inmitten all deiner Werke!«

Der Tote sah auf und erblickte ein scheußliches Gespenst mit einer menschlichen Fratze, in einem Gewand voll Schmutz und Blut und mit einem Messer in der Hand. »Das ist das Scheußlichste, was ich jemals sah«, sagte der Tote, und es packte ihn ein Grauen, wie er es noch nie erlebt. »Wer ist dies Scheusal? Muß ich das immer ansehen?«

»Das bist du«, sagte der Engel.

»Aber die Wissenschaft?« fragte der Tote angstvoll, »habe ich ihr nicht gedient? Gehöre ich nicht zu den großen Geistern, auch wenn ich diese Taten beging?«

»Die großen Geister waren den Tieren Brüder und nicht Henker«, sagte der Engel, »sie würden dir den Rücken kehren, wenn du es wagen könntest, zu ihnen hinaufzugelangen. Aber du gelangst gar nicht in ihre Nähe. Du warst eine Null und kein großer Geist. Du wußtest es auch, daß du eine Null warst, du wußtest, daß dir nichts einfallen würde, und darum hast du aus Eitelkeit, all diese Greuel begangen, in der Hoffnung, der Zufall könnte dir etwas von den Geheimnissen der Natur enträtseln, wenn du sie folterst. Nachher kam die Mordlust, die Herrscherwut kleiner Seelen dazu. Siehst du das alles? Du kannst es deutlich sehen an deinem Spiegelbild, es hat getreulich alle deine Züge aufgezeichnet. Bleibe bei ihm, wasche sein blutiges und schmutziges Kleid, bis es weiß wird wie Schnee! Es kann tausend Jahre dauern, vielleicht auch länger. Bleibe bei ihm, denn du kannst ihm nicht entrinnen. Er ist dein Gefährte, und diese verstümmelten Geschöpfe Gottes sind dein Paradies.«

»Das ist alles wahr«, sagte der Tote, »aber auch wenn ich so dachte und tat, habe ich nicht doch eine Erkenntnis gefördert? Tritt nicht doch die Wissenschaft für mich ein?«

»Eine Erkenntnis durch Verbrechen?« fragte der Engel. »Erkenntnisse hatte die Wissenschaft einst, als sie ein Tempel war. Ich will dir zeigen, wie eure Wissenschaft heute aussieht.«

Ein häßliches gelbes Licht zuckte auf, und der Tote sah einen Narren sitzen, der mit blutigen Händen Kartenhäuser baute. Ein Luftstoß fegte sie um, aber der Narr baute immer weiter.

»Ist das alles?« fragte der Tote und klammerte sich hilfesuchend an das Gewand des Engels.

»Das ist alles«, sagte der Engel, »lehrt eure Wissenschaft nicht auch, daß es keinen Gott und keine Vergeltung und kein Leben nach dem Tode gibt? Ich muß nun gehn. Bleibe in deinem Paradies!«

Der Tote blieb in seinem Paradies und hatte es vor Augen Stunde um Stunde, Tag für Tag und Jahr für Jahr. Es ist dies mit einer Zeit nicht mehr zu messen, jedenfalls nicht wissenschaftlich, und das ist doch das einzig Maßgebliche, nicht wahr? Aus sehr weiter Ferne klang ein altes Lied aus einer alten Zeit, kaum noch hörbar und verhallend: wie wird's sein, wie wird's sein, wenn wir ziehn in Salem ein, in die Stadt der goldnen Gassen ....

Vielleicht bedeutet dieses Lied doch etwas, denn wir müssen ja alle einmal sterben? Aber wer denkt heute daran, im Zeitalter der aufgeklärten europäischen Wissenschaft?

Die Zeitungen brachten spaltenlange Nachrufe über den berühmten großen Forscher und Gelehrten, Seine Exzellenz den Wirklichen Geheimen Medizinalrat, dessen Tod einen unersetzlichen Verlust für die Wissenschaft bedeute, dessen Name aber für alle Zeiten ein Ruhmesblatt in der Geschichte der Menschheit bleiben würde, ein herrliches Zeichen unserer fortschrittlichen Kultur und ein Denkmal allen kommenden Geschlechtern, wie es die Besten vor ihm waren. Ehre diesen großen Toten!

Ja, sie ruhen von ihrer Arbeit, und ihre Werke folgen ihnen nach.

Das Land der Verheißung

Der Weg in die Wildnis

Ich kann es nicht sagen, wann diese Geschichte geschehen ist, so wie ich sie erzähle. Es sind vielleicht viele hundert Jahre her, vielleicht war es gestern. Vielleicht geschieht sie heute oder morgen oder in vielen hundert Jahren, die unsere Augen nicht mehr sehen werden. Denn es ist lange her, daß die Erde frei war von Blut und Schuld und Irrtum, und es wird lange dauern, bis sie entsühnt ist. Es ist ja überhaupt so schwer zu sagen, wann etwas geschieht; denn alle Zeit ist Täuschung, und was wir hier sehen, ist nichts als tausendfältige Form, die geprägt wird. Aber die eigentlichen Ereignisse sind hinter den greifbaren Dingen in einer geistigen Welt, und auch diese Geschichte steht in der geistigen Welt geschrieben, aus der alle Formen entstehen und sich wandeln und wo, von keiner Zeit gemessen, die Ewigkeit atmet. Aber ich denke, diese Geschichte hat sich schon viele Male vor vielen Jahren begeben, sie geschieht heute noch, und sie wird sich noch viele, viele Male ereignen müssen, bis die Erde entsühnt ist. Denn das ist ein langer Weg, und kein armes, menschliches Wissen vermag etwas über seine Dauer zu sagen. Nur daß es sehr mühsam und beschwerlich ist für die wenigen, die ihn heute gehen, das wissen wir. Darum wird diese Geschichte auch ein anderes Kleid tragen, je nachdem, wann sie geschah oder wieder geschehen wird; denn ohne ein Kleid kann ein armes menschliches Wissen sie nicht verstehen. Wir sehen ja nur von allem die Kleider und müssen uns bemühen, aus ihnen das Wesen der Dinge zu deuten. Die Geschichte, die ich erzählen will, spielt in der Wildnis, und der, welcher sie erlebte, trug die Kutte der Brüder des heiligen Franziskus von Assisi. Das muß schon so sein; denn es ist eine Geschichte der Brüderlichkeit, und es lebt in ihr der Geist des Geweihten von La Vernia. Aber es braucht niemand äußerlich dieses Kleid zu tragen, der den Weg gehen will, den dieser Bruder ging, und es braucht auch keine Wildnis zu sein, in der sich diese Geschichte begibt und begeben wird. Es kann eine Stadt sein mit modernen Fabrikschloten und Maschinen, es kann ein Dorf sein mit Feldern und Auen oder eine staubige Landstraße. Das ist ganz gleich, und das alles sind nur Kleider, wie das Leben heute noch eine Wildnis ist dem, der den Weg des Franz von Assisi geht. Man muß bedenken, daß wir ja alle auf einer Schwelle leben und daß die eigentlichen Geschichten des Daseins in einer geistigen Welt geschehen hinter den Dingen und hinter dem, was wir Ereignis nennen. Vielleicht träumen wir auch die Dinge nur, aber weil wir träumen, wachen wir nicht für das, was eigentlich ist. Es mag sein, daß das schwer zu verstehen ist, aber ich muß es sagen, weil es wahr ist.

So war es einmal, im Kleid des Geschehens gesehen, daß Bruder Immanuel vom heiligen Orden des Franziskus von Assisi Abschied nahm von seinen Brüdern, um hinauszuziehen in die Wildnis. Das erzählt sich sehr leicht, aber es ist gewiß nicht leicht, einen solchen neuen Weg zu beginnen. Er hatte den Frieden nicht finden können in seiner Zelle, in keiner Bußübung und in keiner Meditation und in keinem Gebet am Bildnis des Erlösers. Er konnte das Schauen nicht lernen, das allein zum Frieden führt in dieser Welt der Täuschungen und der Schuld und des Irrtums. Es faßte ihn ein Entsetzen vor der Menschheit, wie er sie Tag für Tag vor Augen sah, und er begriff nicht, warum er in diese Erde gestellt war. Und doch war er zu stark in sich selbst, um mit einem müden verlorenen Lächeln auf alles herabzusehen und still und ergeben den Rosenkranz zu beten, wenn die Menschen sich draußen vor den Mauern des Klosters stritten, schlugen und sich verleumdeten, wenn sie ein Grauen waren sich selbst, den Menschen und den Tieren.

»Wenn du deinen Gott nicht in der Zelle findest, mußt du ihn draußen suchen, in der Wildnis. Er ist überall«, sagte der Prior des Klosters zu ihm und segnete ihn zum Abschied. »Es wird eine Zeit kommen, wo ihn alle draußen suchen müssen, jeder an der Stelle, auf die Gott ihn gestellt hat. Gehe deinen Weg, trage dein Kreuz, und du wirst Gott finden.«

Da packte Bruder Immanuel seine wenigen Habseligkeiten, einige Werkzeuge und Gemüsesamen aus dem Klostergarten in einen Sack und legte das Kreuz des Erlösers obenauf. Auch eine kleine Glocke nahm er mit, die eine feine silberne Stimme hatte, so daß er in der Wildnis das Ave-Maria läuten könne, wenn die Sonne sich neigt.

Er nahm den Sack auf den Rücken und verabschiedete sich von allen Brüdern, um nicht mehr wiederzukommen. Es war gewiß schwer für ihn und für die anderen, aber was ist ein Abschied? Alles ist Abschied auf dieser Erde, Abschied vom Tag, vom Morgen und vom Abend, von der Nacht mit ihrem Frieden zu neuem Tagewerk, Abschied von Menschen, Tieren und Blumen. Es ist ein ewiger Weg und keine Wohnung auf dieser Erde; aber es ist ein Trost, daß es ein Weg ist zu einer Heimstätte, die alle suchen, die eines guten Willens sind.

Bruder Immanuel wanderte mit seinem Sack auf dem Rücken über eine lange staubige Straße. Die Gestalten der Brüder verschwammen in der Ferne, wurden kaum noch sichtbare Punkte, und nur von ferne funkelte die Spitze der Klosterkirche im Frührot. Dann versank sie auch, und die Wildnis nahm ihn auf, der neue Weg und, wie er hoffte, der Weg zum Frieden und zu seinem Gott.

Es war um die Osterzeit. Durch dünne blaue Luft getragen, klangen die Glocken des Karfreitags, und auf den Wiesen blühten Anemonen, Schlüsselblumen und Veilchen. Hummeln und Bienen summten um die ersten blühenden Bäume, und die Falter tranken an den Kelchen der Blüten. Es war Auferstehung in der Natur und das Osterwunder, das so wenige verstehen, weil sie denken, alles Leben komme aus den Dingen selber und nicht aus dem, was sie alle heiligt in einem einzigen Atem, der alles Leben in gleicher Liebe umfaßt und es wandelt im gleichen Geheimnis von Werden und Vergehen.

Da zog eine Hoffnung in Bruder Immanuels Seele ein, eine Hoffnung, die niemals in der Klosterzelle in ihm erwacht war. Er fühlte, so fremd ihm die Menschen in ihrem Grauen geworden waren, seine Brüderlichkeit den Tieren und Blumen gegenüber, er begann etwas vom allumfassenden Begreifen seines großen Meisters von La Vernia zu ahnen.

»Wird mir dieser Berg mit seinen Felsen, seinen Gießbächen, seinen dunklen Tannen La Vernia werden? Werde ich Gott hier schauen, werde ich hier den Frieden finden, den ich unter den Menschen niemals finden konnte?« fragte er sich und begann eine mühsame Wanderung bergauf in den tiefen Wald hinein, ohne Weg und im Vertrauen auf die Geister dieses Ostermorgens. Der schwere Sack drückte ihn; aber sein Fuß ging leicht und sanft auf einem weichen grünen Teppich von Moos und Immergrün. Die Vögel sangen, und es war, als riefen sie ihn immer tiefer und tiefer in ihre selige Wildnis hinein, in den Frieden ohne den Unfrieden der Menschheit. Aber es war ein Frieden in der Ferne. Wenn er näher kam, flüchteten alle Geschöpfe entsetzt vor ihm, die Vögel verstummten in den Zweigen, die Rehe huschten durchs Dickicht davon, und Igel und Mäuse verkrochen sich in ihren Löchern. Er rief sie vergebens mit dem Namen des Bruders. Wohin er trat, wurde die Erde still und leblos, und er begriff voller Entsetzen, daß sie alle den Menschen in ihm flohen, daß er, der das Bildnis Gottes sein sollte, ein Geächteter war in Gottes Schöpfung, daß er gestaltet war nach jenen, die Menschen und Tiere gemordet hatten und heute noch morden, die eine blühende Erde mit Blut besudelt hatten und vor denen alles Leben angstvoll und voller Grauen sich verbarg.

Über den Osterfrieden fielen tiefe dunkle Schatten, und es wurde ein einsamer und trauriger Weg bis auf den Gipfel des Berges. Oben sang leise eine silberne Quelle, und die Wipfel der Tannen rauschten im Winde, der ihre Kronen hin und her bog; aber Bruder Immanuel war so einsam wie noch niemals in seinem Leben. Die Menschen, die er geflohen hatte, waren nicht mehr bei ihm, und die Tiere, in denen er seine Brüder erkannt hatte, flohen ihn. Denn er war ein Mensch, das grauenvollste Geschöpf in Gottes Welt.

Da sank er neben dem Sack seiner ärmlichen Habseligkeiten in die Knie und weinte. Er hatte verstanden, wie entsetzlich es ist, ein Mensch zu sein. Ach, Bruder Immanuel, so wie du haben alle geweint, die deinen Weg gingen, und so wie du weinst, werden alle weinen, die deinen Weg gehen werden. Denn deine Geschichte ist eine zeitlose Geschichte, und nur ihr Kleid wechselt im Wandel der Dinge. Und was du verstanden, haben alle verstanden, die deinen Weg gingen, und werden alle verstehen, die deinen Weg gehen werden. Es ist entsetzlich, ein Mensch zu sein, es ist entsetzlich, als Geist aus dem Reich der Liebe zu allen Wesen herabgebannt zu werden in einen menschlichen Körper, der einstmals Gottes Ebenbild war und der verzerrt worden ist zur Fratze seit Kains Zeiten. Es ist entsetzlich, ein Gezeichneter zu sein in einer Welt der Wunder, die wirr geworden ist über dem ersten Brudermord. Es ist kein Frieden, Bruder Immanuel, was du gefunden hast, es ist die große, eisige Einsamkeit, durch die alle hindurch müssen, die Gott suchen auf dieser entheiligten Erde.

Ferne, ferne sang ein Vogel, aber er kam nicht näher. Er fürchtete den Menschen.

Die Quelle, an deren Ufer Bruder Immanuel kniete, rauschte und zog in silbernen Wellen zu Tal. Sie bildete eine kleine, blumenumrankte Bucht vor ihm, und in ihrem silbernen Wasserspiegel erblickte er sein Bild Zug um Zug. Aber er sah noch etwas darin, was er bisher nicht gesehen hatte: auf seiner Stirne stand groß und deutlich ein häßliches, blutrotes Mal – das Kainszeichen, das die Menschheit in Gottes Ebenbild gegraben hatte. Er fuhr mit der Hand ins Wasser und rieb sich die Stirne; aber das Kainszeichen wäscht kein Wasser der Erde ab.

Der Abend sank über die Wildnis, und die Nacht kam leise mit ihren Schleiern und Schatten. Aber es war keine Nacht des Friedens. Bruder Immanuel kniete immer noch neben seinen ärmlichen Sachen, und um ihn war die grenzenlose Einsamkeit derer, die seinen Weg wandern.

Es ist vielleicht auch nicht nur sein Weg, denn einmal wird es der Weg aller sein müssen. Aber das ist noch lange hin; denn es wird noch lange dauern, bis diese Erde entsühnt ist.

Über ihm standen die Sterne, und in ihrer leuchtenden Schrift waren alle die einsamen Wanderungen zu lesen, und in ihnen war der Weg zu schauen, der zur Erlösung alles Lebens führt.

Aber Bruder Immanuel verstand noch nicht, die Schrift der Sterne zu lesen. Es war schwer, sie zu lesen, und nur die Augen lernen sie lesen, die tausend und aber tausend Tränen geweint haben. Es ist entsetzlich, ein Mensch zu sein ...

Der erste Bruder

Viele Wochen waren vergangen, seit Bruder Immanuel in die Wildnis gezogen war. Er hatte sich mit großer Mühe eine einfache Hütte aus starken Balken gezimmert, er hatte den Sack, in dem er seine Habseligkeiten getragen, mit Moos gefüllt und sich eine Lagerstätte darauf bereitet. Er hatte das Bildnis des Erlösers an einer Wand seiner Hütte befestigt, so daß die ersten Strahlen der Morgensonne es trafen, und er hatte die Glocke oben im Giebel des Daches aufgehängt, aber geläutet hatte er sie noch nicht ein einziges Mal. Er wagte das nicht und wußte selbst nicht, aus welchem Grunde er es nicht wagte. Es war, als warte er auf einen Feiertag seiner Seele, um die Glocke zu läuten, und dieser Feiertag war noch nicht gekommen, seit er das Kainszeichen an sich gesehen hatte und seit jene Nacht des Karfreitags ihre Schatten über ihn gebreitet. Voll Andacht und Erinnerung an seine menschlichen Brüder hatte er das letzte Stück Brot aus dem Kloster gegessen und seitdem von Wurzeln und Quellwasser gelebt. Denn das Gemüse, das er sorgsam in vielfältigen Samen mitgebracht hatte, war wohl in die Erde gesenkt, aber noch nicht reif geworden. Nur die ersten Triebe reckten sich aus den Beeten, die einen Garten um die Hütte bildeten, und neben ihnen hatte Bruder Immanuel Blumen des Waldes gepflanzt, die einzigen Brüder, die er nun hatte, aber es waren schlafende Seelen, keine Menschen und keine Tiere. Die Menschen hatte er ja geflohen, um Gott zu suchen, und die Tiere flohen ihn, weil sie Gottes Bildnis im Menschen nicht mehr erkennen konnten. Die Menschen haben es ja in sich zerstört, und Bruder Immanuel trug mit an ihrem Fluche. Es war ein karges Leben in dieser Wildnis; aber mit sehr wenig kann ein Mensch leben, der aufhört, ein Raubtier zu sein, das schrecklichste Raubtier, das die Schöpfung kennt, und der anfängt, seinen Leib zum Tempel seines Gottes und seines Ichs zu bereiten. Sehr seltsame Gesichte hatte Bruder Immanuel, wie alle sie haben, die also leben. Aber noch waren die Gesichte verworren, noch waren es nur die ersten Zeichen einer geistigen Welt, die hinter allen Dingen und Ereignissen Werden und Vergehen webt nach ewigen Gesetzen. Man muß warten, bis sich das klärt, bis die Bilder sich regen und die Gesetze reden, sehr lange warten. Man muß erst die Trübsal überwunden haben in sich und die große, eisige Einsam-

keit; aber das dauert oft lange, und es gehört viel Demut und Ergebung dazu. Der Weg nach La Vernia ist ein weiter Weg.

So wartete Bruder Immanuel in Demut und Ergebung. Aber daß
die Wanderung begonnen hatte, das merkte er deutlich in seiner
Seele. Man kann so sehr weit wandern, wenn man auch mit seinem
Leibe an einem Orte bleibt; man kann so sehr viel sehen und hören,
wenn die Ketten des Körpers sich lockern und man sich selber ge-
wahr wird im Gefängnis dieser Erde. Gewiß hatte Bruder Immanuel
in früheren Zeiten auch in seiner Zelle gefastet zur Bußübung, aber
die Wirkung war eine andere gewesen, als sie hier war. In die Rei-
nigung des Leibes strömten, ungehindert von allem Menschentum,
die Kräfte der Erde und des Himmels und füllten ihn wie eine Schale. Einschlafen und Erwachen waren nicht mehr so streng begrenzte
Augenblicke, die Schwellen des Bewußtseins begannen sich auszu-
gleichen, und auch am Tage wanderte Bruder Immanuel umher wie
eine leichte Gestalt in der erdenschweren, die ihm kaum mehr erschien als eine Hütte, aus Steinen und Pflanzen gewoben.

Auch die Dinge um ihn fingen an, sich zu wandeln. Er sah die
Bäume und Blumen in ihren Farben und Formen, aber er fühlte
etwas dabei, was diese Farben und Formen schuf: er hörte die Vögel
in den Ästen singen und den fernen Ruf der Waldtiere, aber er empfand, daß diese Laute etwas bedeuteten, daß alles Leben eingebettet
war in eine große, allumfassende Gemeinsamkeit. Es war ein Strom
von fließendem Dasein, der alles umschloß, ihn selber, die Tiere, die
Pflanzen und die Steine. Er brauchte aber nicht mehr, wie am Anfang seines Aufenthaltes in der Hütte, die Tage zu zählen und in ein
Holz zu kerben, er fühlte es, wann die Natur Sonntag hatte und
wann sie sich anschickte zu feiern. Es war Alleben in allem und er
in ihm, und leise regte sich in ihm die Ahnung vom Wege der Erlösung, Alleben in Alliebe zu wandeln. War nicht alle Schöpfung eine
gemeinsame Bruderschaft, mußte nicht der ältere Bruder sich zum
jüngeren neigen, unermüdlich und voller Erbarmen, daß die Erde
entsühnt werde vom ersten Brudermord und seinen abertausend
anderen? Der älteste Bruder aber war der Mensch, und er war es,
der den Brudermord in die Welt gebracht hatte. Er war es, der zuerst sühnen und erlösen mußte.

Da betete Bruder Immanuel darum, daß Gott ihm einen Bruder schenken möge.

Es war zu Pfingsten, daß er einen Bruder fand.

Er war, wie er es oft am Tage gewohnt war, tief in den Wald hineingegangen und hatte Wurzeln und Kräuter gesucht. Er spürte das Pfingstwunder der atmenden Erde und hörte, wie der Heilige Geist redete aus den Tannenkronen und aus den Blumen am Weg. Der Strom des Daseins war stärker an diesem Tage, und er war erfüllt von etwas Neuem, Befreiendem, als wäre die Erde aus feineren Stoffen gewoben als sonst. Sein eigener magerer Leib schritt lautloser und leichter über das Moos, und sein Fuß knickte kaum noch die Grashalme am Wege. Die Vögel flohen nicht mehr, wenn sie ihn sahen, und die Tiere des Waldes huschten nicht mehr so entsetzt ins Dickicht vor seinem Anblick. Auch er hatte eine Wandlung erfahren, in seinem Körper und seiner Seele, jene Wandlung, die über den Karfreitag zu Pfingsten führt.

Da vernahm er jammernde Klagelaute, und als er ihnen nachging, sah er ein Eichhörnchen, das sich in einer Falle gefangen hatte und voller Entsetzen die zerquetschte Pfote aus dem Eisen zu befreien suchte. Eine Pfingstfeier der Menschheit in Gottes Schöpfung. Bruder Immanuel übermannte das gleiche Gefühl wie an jenem Abend seiner Ankunft in der Wildnis: es ist entsetzlich, ein Mensch zu sein!

Aber er zögerte nicht lange und befreite das arme Geschöpf vorsichtig und so schonend wie möglich. Das Fangeisen vergrub er, und das Eichhörnchen nahm er mit sich und trug es zu sich nach Hause in seine Hütte. Er wusch ihm die Wunde und verband sie. Das Tier hatte keine Angst vor ihm, es saß ruhig in seiner Hand und ließ mit sich alles geschehen. Die Pfote war gebrochen, aber vielleicht würde sie wieder heilen, er wollte es wenigstens versuchen. Er brachte dem Eichhörnchen Wasser, suchte ihm Tannenzapfen und baute ihm ein weiches Nest aus Moos gerade unter dem Bildnis des Erlösers. Das Tier redete in gurrenden Tönen, erst sehr aufgeregt und dann allmählich ruhiger. Schließlich schlief es ein, und das Bild des Gekreuzigten stand über ihm. Bruder Immanuel aber ging hinaus an die Quelle, wo er am Abend seiner Ankunft in der Verzweiflung seiner großen Einsamkeit gekniet hatte, und dankte Gott, daß er einen Bruder gefunden. Da geschah etwas sehr Seltsames.

Aber vielleicht war es auch nicht seltsam, denn es war ja Pfingstsonntag in der Natur. Am Bache entlang kam eine Gestalt geschritten, einem Menschen ähnlich, nur völlig durchlichtet von einem Licht, das aus sich selber kam. Die Gestalt trug die Kutte der Franziskaner, und Bruder Immanuel erkannte in ihr nach dem Bilde im Kloster seinen Meister Franziskus von Assisi. Da kniete er nieder und verneigte sich tief vor ihm, und das gleiche taten die Blumen am Bache und die Bäume, die an der Lichtung standen.

Franziskus von Assisi blieb an der Hütte Bruder Immanuels stehen, schaute hinein und machte das Zeichen des Kreuzes über dem verwundeten Eichhörnchen. Dann wandte er sich und kam auf Bruder Immanuel zu.

»Gesegnet sei dein Weg, Bruder Immanuel«, sagte er, »es ist ein Weg voll Dornen, es ist ein Weg voll Einsamkeit, aber er führt nach La Vernia, wo ich Jesus Christus sah. Wenige gehn ihn heute, und die Erde ist voller Blut und Schuld; aber einmal werden ihn alle gehn müssen, bis die Erde entsühnt ist. Es ist sehr schwer, voranzugehen, es sind die älteren Brüder, die vorangehen müssen, Bruder Immanuel. Aber es ist leicht, ihn zu gehen, wenn man es weiß, daß man ihn für die jüngeren Brüder geht.«

Da sah Bruder Immanuel auf, und er erblickte neben der Gestalt des Franziskus von Assisi den Wolf von Agobbio und das Lamm, das der Heilige aus der Hand des Schlächters gerettet, und die Vögel, denen er gepredigt, saßen auf den Zweigen und hörten zu. Das alles war in dieser Welt und doch nicht in ihr, es war in ein blaues klares Licht getaucht, das aus sich selber kam.

»Ich war sehr allein und bin nicht mehr allein«, sagte die Lichtgestalt und wies auf die Tiere, die um sie herum waren, »auch du wirst nicht allein bleiben. Niemand bleibt allein, der den Weg des älteren Bruders geht. Gott hat dir heute einen kleinen Bruder geschenkt, der bei dir bleiben wird und du bei ihm. Auch ich will dir etwas schenken, bevor ich gehe. Gesegnet sei dein Weg, Bruder Immanuel.«

Der Heilige von La Vernia schlug das Kreuz über Bruder Immanuel, und es war, als ob das blaue Licht eine Brücke baute in eine blaue Ferne hinein und als ob Franziskus von Assisi, begleitet vom

Wolf von Agobbio, vom Lamme und von den Vögeln, hinüberschritt in ein Land der Verheißung.

Als Bruder Immanuel sich erhob und seine irdischen Augen öffnete, da sah er nicht nur die Dinge um sich, sondern er schaute in die Seele aller Schöpfung, und er verstand, was die Tiere redeten. Das war das Geschenk des Franziskus von Assisi für den, der seinen Weg gegangen war. Da ging Bruder Immanuel in die Hütte, um nach seinem jüngeren Bruder zu sehen. Das Eichhörnchen saß unter dem Bilde des Erlösers in seinem Nest und hielt einen Tannenzapfen in den Pfoten.

»Wie geht es deiner Pfote, mein kleiner Bruder?« fragte Bruder Immanuel; denn er sah, daß der Verband abgefallen war.

»Ich danke dir«, sagte das Eichhörnchen, »meine Pfote ist gesund. Es war jemand da, der sie geheilt hat. Es war ein älterer Bruder.«

Bruder Immanuel hörte die gurrenden Laute, in denen das Tier sprach, aber er verstand auch deutlich, was es sagte. Er betrachtete die kranke Pfote und sah, daß sie gesund war, als wäre sie nie verletzt worden.

Da neigte er sich zu dem Eichhörnchen und umschloß es mit beiden Händen.

»Wir wollen den Weg unseres Lebens zusammen gehen«, sagte er leise, »es ist der Weg nach La Vernia, mein kleiner Bruder, und in das Land der Verheißung.«

Die Sonne des Pfingstsonntags sank hinter den dunklen Tannenkronen wie verklärtes und durchlichtetes Blut, und ein Feierabend voll Frieden breitete sich über die Wildnis. An diesem Abend geschah es, daß Bruder Immanuel zum ersten Male die Glocke läutete, die im Giebel seiner Hütte hing. Mit einer feinen, silbernen Stimme sang sie in der Waldeinsamkeit das Ave-Maria.

Die Kette der Dinge

»Es ist wahr, ich habe Eier gegessen, die mir nicht gehörten«, sagte das Eichhörnchen und fuhr sich mit der Pfote über das Gesicht, als wolle es eine sündhafte Erinnerung fortwischen, »ich werde es aber nicht mehr tun, denn es kränkt die Vögel. Ich habe früher nur nicht daran gedacht; aber ich werde jetzt auch den Weg des älteren Bruders wandern.«

Es ist sehr sonderbar, wenn ein so winziges Geschöpf ein so großes Wort sagt; aber in der Kette der Dinge ist die kleinste Wandlung ein Ereignis.

Aber auch sonst hatte das Eichhörnchen vieles geleistet, seit es gesundet war. Es war von Baum zu Baum gehüpft, weit in den Wald hinein, und hatte überall verkündet, daß es einen älteren Bruder gefunden habe, der ihm die verletzte Pfote verbunden, und einen anderen, der sie ihm geheilt. Auf diese sehr merkwürdige, aber bei der Person des Eichhörnchens durchaus glaubwürdige Geschichte erschienen zahlreiche Eichhörnchen vor der Hütte des Bruders Immanuel – erst die näheren Verwandten und später, als sich die seltsame Begebenheit weiter herumgesprochen hatte, auch die entfernteren Stammesgenossen. Sie brachten Beeren und zum Frühherbst Nüsse, um sich erkenntlich zu zeigen. Man wollte auch etwas für die Erhaltung des älteren Bruders tun, nachdem er sich so hilfreich erwiesen hatte. So sammelten Bruder Immanuel und das Eichhörnchen Wintervorräte. Das Eichhörnchen verstand es auch überaus kunstgerecht, Pilze auf einen Zweig zu spießen und sie dort trocknen zu lassen. Lange Wegstrecken konnten auf diese Weise zum allgemeinen Wohl aller Eichhörnchen mit Nahrung für den Winter versehen werden. Bruder Immanuel zeigte ihm an, diese Pilze auf Schnüre zu reihen und sie so zu verwahren.

Auch anderen Tieren war er in vielen Fällen hilfreich. Sie hatten keine Furcht mehr vor ihm, seit das Eichhörnchen für ihn gebürgt hatte, und zudem hatte ja das Eichhörnchen selbst das Gelübde getan und mit erhobener Pfote bekräftigt, keine Eier mehr zu essen, die ihm nicht gehörten. Es hatte dies auf die Vögel einen großen Eindruck gemacht, und sie sahen ihrerseits ein, daß es wirklich etwas sehr Wunderbares sein müsse, was sich in der Waldhütte begeben habe. Auch hatte Bruder Immanuel mehrfach jungen Vögeln wieder ins Nest geholfen, die ihrer Kunst, zu fliegen, allzufrüh vertraut hatten. Mehrfach geschah es, daß sich die Eltern dafür bedanken kamen und große Mühe und Sorgfalt bei gesanglichen Leistungen entfalteten. Manche bauten auch ihre Nester an der Hütte, und es war viel Leben um den, der einmal so einsam war. Bruder Immanuel half auch einer Biene, die in eine sehr unglückliche Lage auf dem Rücken geraten war, wieder auf die Beine. Daraufhin kam eine Abordnung von Waldbienen zu ihm geflogen, setzte sich auf sein Gewand, und die Oberbiene bedankte sich viele Male. »Wir wollen dir auch sagen«, summte sie, »daß wir stets für dich Honig in Bereitschaft haben. Es ist uns nur angenehm, wenn wir uns erkenntlich zeigen können.« Bruder Immanuel nahm das dankbar an, die Bienen hatten Überfluß, und für ihn war es eine wertvolle Nahrung. Eine Hirschkuh bot ihre Milch an, falls er welche benötige. Er hatte ihr Kalb befreit, das sich den Fuß in Schlingwurzeln gefangen hatte. Bruder Immanuel bedankte sich vielmals, aber er wollte der Hirschkuh keine Milch fortnehmen. Er käme auch so aus, sagte er.

»Jedenfalls denke daran, wenn jemand krank ist bei euch«, sagte die Hirschkuh, »wir sind gerne bereit, und eine von uns hat sicher Milch. Du brauchst uns nur zu rufen.«

Immer deutlicher sah Bruder Immanuel, wie eng die Kette der Dinge alles Leben verbindet und wie der Mensch sie zerrissen hatte, daß ihre Glieder sich nicht mehr ineinanderfanden. Nur die Raubtiere hielten sich noch zurück. Sie waren zwar von der Glaubwürdigkeit des Eichhörnchens, der Vögel, der Bienen und der Hirschkuh überzeugt; aber sie wollten doch erst das Weitere abwarten. Ein Mensch war denn doch ein zu gefährliches Geschöpf, um ihm so schnell zu vertrauen. Sie taten zwar Bruder Immanuel niemals etwas; aber sie hielten sich noch zurück und grüßten auch nicht, wenn er sie grüßte. Bruder Immanuel nahm das ergeben hin und wartete. Er konnte ruhig warten; er war ja nicht mehr allein.

Er lebte in der Kette der Dinge und sie in ihm. Es ist sehr viel, wenn jemand das erreicht hat. Man fühlt sich irgendwie geborgen, und man hat den Strom erreicht, aus dem man einst entstanden ist.

Oft ging er weit in den Wald hinein, bis nahe an die Grenzen, wo das Land der Menschen begann. Dorthin begleitete ihn das Eichhörnchen nicht mehr. Es blieb dann zu Hause, ordnete Nüsse, turnte auf dem Dach der Hütte, oder es lud sich jemand von seiner Familie zu einem Tannenzapfen ein. Sie sprachen dann über den Weg des älteren Bruders, soweit ihn ein Eichhörnchen gehen kann.

Auf einer solchen Wanderung aber geschah es, daß Bruder Immanuel einem Menschen begegnete. Sehr lange war das nicht mehr geschehen, und er hatte das Gefühl, als sähe er seine Heimat in einem entstellten Bilde. Es war etwas, was anzog und abstieß zu gleicher Zeit – Gottes Bildnis, das verzerrt war. Der Mann war ärmlich gekleidet und hatte eine verbundene Hand. Bruder Immanuel grüßte ihn und fragte ihn, was ihm fehle. Der Mann sah ihn sonderbar an. Bruder Immanuel hatte nicht bedacht, daß er viele Monate nicht mehr unter Menschen gelebt hatte, daß seine Kutte zerrissen und sein Haar verwildert war.

»Ich habe mir die Hand gequetscht«, sagte der Mann mißtrauisch und mürrisch.

Bruder Immanuel sah ihn sehr ruhig an, mit den inneren Augen, die er gewonnen und die der andere nicht hatte. »Du hast die Hand in einer Falle gequetscht, die du den Tieren gestellt hast«, sagte er, »es war in einer Lichtung, wo junge Birken stehen und eine Quelle aus dem Felsen fließt. Zu dieser Quelle kommen die Tiere nach Gottes Willen, zu trinken, nicht um in den Fallen der Menschen gefangen zu werden.«

»Woher weißt du das?« fragte der Mann.

»Vom Geiste Gottes und vom Ungeist der Menschen«, sagte Bruder Immanuel. »Ich habe ein Geschöpf aus solch einer Falle befreit, es lebt mit mir zusammen, und es ist mein Bruder.«

»Kannst du hinter die Dinge sehen?« fragte der Mann, und er wußte nicht, ob es Furcht oder Freude war, was aus ihm sprach.

»Niemand kann hinter die großen Dinge sehen«, sagte Bruder Immanuel, »niemand, der ein Mensch ist. Aber hinter die kleinen Dinge, die du meinst, kann ich sehen, als wären sie aus Glas.«

»Es ist kein kleines Ding, ob meine gebrochene Hand wieder heilt oder nicht«, erwiderte der Mann, »es wäre mir viel wert, wenn du mir das sagen könntest.«

»Sie wird nicht wieder heilen, solange du Fallen stellst, in denen die Pfoten der Tiere gebrochen werden«, sagte Bruder Immanuel, »aber sie wird heilen, wenn du alle Fallen aufsuchst und sie vergräbst, so daß sich keiner deiner kleineren Brüder Schaden daran tun kann.«

»Wie soll ich das?« sagte der Mann. »Ich lebe vom Fallenstellen und vom Erschlagen der Tiere, die ich in ihnen fange. Ich bin zu töricht zu allem anderen von Kind an, man gibt mir keine Arbeit sonst im Dorfe.«

Es war ein Einfältiger, aber vielleicht war es gut, daß es ein Einfältiger war, denn einer, der das hat, was die Menschen Klugheit nennen, kann die Kette der Dinge nicht begreifen. Den Einfältigen aber hilft Gott, sie sind ihm noch nicht ganz so fern wie die anderen, die klug sind in dieser Welt.

Bruder Immanuel nahm den Einfältigen bei der Hand und ließ ihn in die Kette der Dinge schauen. Nur ein Weiser kann einem Einfältigen das zeigen, keinem Klugen nach der Klugheit dieser Welt. Da sah der Einfältige, wie alle Dinge eine Kette bilden in Gottes Schöpfung und wie der Mensch diese Kette zerrissen hatte, daß die Glieder sich nicht mehr ineinanderfanden. Er sah auch, wie die jüngeren Brüder auf die Erlösung durch die älteren Brüder warten und hoffen, und es ergriff ihn eine große Trauer um das, was er getan hatte, denn er sah die vielen jüngeren Brüder, die verstümmelte Glieder zu ihm erhoben und ihn des Brudermordes beschuldigten.

»Ich kann das nicht wieder tun«, sagte er leise und ratlos, »aber wovon soll ich leben? Ich bin arm und sehr einfältig, und die Menschen lachen über jede Arbeit, die ich beginne.«

»Tue nach dem, was du gesehn hast«, sagte Bruder Immanuel, »und Kirchen und Könige werden deine Arbeit suchen. Gott segne deinen Weg, lieber Bruder, denn es wird der Weg des älteren Bruders werden für seine jüngeren Brüder. Viele Kräfte sind in der Kette der Dinge verborgen dem, der die Kette der Dinge gesehen hat.«

Damit schieden sie voneinander.

»Wo kann ich dich wiedersehen?« fragte der Mann. »Es kann sein, daß ich deinen Rat brauche oder deine Hilfe, denn mir scheint es, als wäre ich jetzt sehr allein unter den Menschen.«

»Du wirst mich finden, wenn du den Weg gehst«, sagte Bruder Immanuel. »Aber es wird wohl so sein, daß du eine Zeitlang sehr einsam sein wirst. Eine Zeitlang ist nichts, mein lieber Bruder, wenn du es recht bedenkst.«

Dann wandte sich Bruder Immanuel, und das Dunkel der Tannen nahm ihn auf.

Der Einfältige aber ging hin und vergrub alle Fallen, die er gestellt hatte. Als er heimkam, war seine Hand geheilt. Er stellte keine Falle wieder auf und weigerte sich hartnäckig, als man es ihm auftrug. »Er ist ein Blöder«, sagten die Leute und stellten selber die Fallen im Walde auf. Aber es fand sie keiner wieder. Der Einfältige suchte sie alle und vergrub sie. Niemand im Dorfe aber konnte das in Erfahrung bringen, und so ließen sie es. Der Einfältige lebte eine Zeitlang sehr ärmlich und sehr einsam. Man gab ihm aus Gnade ein Stück Brot, aber keine Arbeit, weil er ein Blöder war, und man verspottete ihn. Er aber wartete geduldig auf die Kette der Dinge; denn er wußte, daß ihm seine Hand geheilt war an einem einzigen Tag. Eine Zeitlang ist nichts, dachte er bei sich und sagte es sich immer wieder, und doch war es sehr schwer.

Einmal aber nahm er ein Messer, um eine Gestalt zu schnitzen, die er geschaut hatte, denn er schaute viele Gestalten seit jenem Tage, als er die Fallen vergrub. Er schnitzte mühsam daran und dachte, es wäre weiter nichts als ein Zeitvertreib; aber als es fertig war, war es ein Kunstwerk, und die Leute staunten es an. Er schnitzte das ganze Chorgestühl der Dorfkirche neu, sein Ruf zog weit ins Land hinaus, Klöster und Könige suchten seine Arbeit, und er wurde hoch geehrt.

Alle nannten ihn Meister, er selbst aber blieb in sich gekehrt und sehr bescheiden. Er hatte ja in die Kette der Dinge geschaut und wußte, daß er den Weg des älteren Bruders ging. Er wußte, daß alle große Kunst nichts ist als ein Schauen der Schöpfung. Gott nahe und nahe den Tieren und Blumen und ferne der Klugheit dieser Welt. Er ahnte auch, daß seine sonst so ungeschickten Hände Meisterhände geworden waren, weil die Geschicklichkeit aller Tierpfoten, die er gerettet hatte, übergegangen war in ihn. Sehr wunderbar ist diese Welt, wenn man sie sieht, wie die Menschen sie nicht sehen, und sehr seltsam und sehr fein gesponnen ist die Kette der Dinge.

Die Bärin und ihr Kind

Bruder Immanuel arbeitete fleißig in seinem Garten zusammen mit dem Eichhörnchen. Er grub die Erde um mit einem Spaten, den er mit sich geschleppt hatte, und das Eichhörnchen scharrte vorsichtig kleine Löcher in die fertigen Beete und versenkte die Samenkörner darin. Es sammelte auch Samen für spätere Zeiten und entwickelte viele und große häusliche Tugenden. Die Vorräte für den Winter waren bescheiden, aber sie mehrten sich doch zusehends, und es war auch darauf Bedacht genommen, daß sich Gäste einstellen würden, die nichts für die verschneiten Monate zurückgelegt hatten.

Ein Volk von Ameisen hatte sich ebenfalls an der Hütte angesiedelt, nachdem es um Erlaubnis gefragt und versprochen hatte, den Honig der Waldbienen nicht anzurühren. Auch einige Igel hatten sich eingefunden und boten sich eifrig zu Gartenarbeiten an. Sie konnten eigentlich keine besonderen Fähigkeiten namhaft machen; aber sie hatten kleine und sehr spaßhafte Kinder, und Bruder Immanuel ließ sie gewähren. Die Großen liefen geschäftig hin und her und halfen graben, die Kleinen lagen auf der Wiese und sonnten sich. Es war eine sehr bewegliche Gesellschaft. Sie beteuerten wiederholt, daß sie ganz gewiß nicht die Mohrrüben anrühren wollten, die Bruder Immanuel gezogen hatte, obwohl gerade der Duft dieser Seltenheiten sie gelockt hatte neben alldem Löblichen, das sie sonst über den älteren Bruder gehört. Bruder Immanuel teilte die Vorräte ein und gab den Igeln Mohrrüben und den Ameisen Honig, aber nur am Sonntag, denn es war nicht viel von allem vorhanden. Die Tiere wissen ja genau, wann Sonntag ist, und die Bäume und die Blumen ahnen es. So gingen die Tage in Nächte über und die Nächte in Tage, und Bruder Immanuel fühlte es immer innerlicher, wie er eins wurde mit allem Leben um ihn. Es geschah dazwischen, daß Bruder Immanuel Besuch erhielt vom Einfältigen, der ein Meister geworden war. Er fand den Weg in die Wildnis und zur Hütte seines älteren Bruders ohne jegliche Mühe, auch als er ihn das erste Mal ging. Er brauchte nicht einmal zu suchen. Es war ein Leuchten um ihn, das ihm voranging, sehr ähnlich jener Sicherheit, mit der er seine Werke vor sich sah und gestaltete. Er brachte Brot mit, einige Werkzeuge und einfaches Leinen zu einer Kutte. Mehr wollte Bruder Immanuel nicht haben. Er hatte es allzutief in sich erfahren, wie sehr man einen neuen Menschen in sich schafft, wenn man alles selbst besorgt, nur auf sich gestellt und auf die Gesetze der Natur, die einen umgeben. Es ist, als erlebe man in sich die Kindheit der Menschengeschichte noch einmal mit Bewußtsein und als würde die Erde wieder jung wie am ersten Tage.

»Wir alle, die wir vorwärts gehen, müssen erst sehr weit zurückgehen«, sagte Bruder Immanuel zum Einfältigen, der ein Meister geworden war, »viele Jahrtausende müssen wir zurückwandern, als die Kräfte sich bildeten, die heute wirken. Es ist, als müßten wir zeitlos werden in uns. Der Körper muß biegsam und leicht werden wie eine Pflanze, der Erde zugehörig und doch nicht an sie gefesselt mit irgendwelcher Begierde, und die Seele muß ihrem Körper nicht mehr anhaften als ein Falter, der sich in einer Blüte birgt.«

»Es ist sehr schwer«, sagte der andere.

»Es ist aber nur am Anfang schwer«, sagte Bruder Immanuel, »dann kommt die große Einsamkeit, und nachher ist eigentlich alles sehr leicht. Siehe, wenn ich heute Menschen, Tiere, Bäume und Blumen betrachte, so schaue ich wohl alle ihre Farben und Formen, aber ich sehe, daß es alles nur Körper sind aus einem Stoffe, ich sehe die Kräfte, die alle Vielfältigkeit in der Einfältigkeit gestalten. Es ist, als würde der Baum, der eben vor uns steht, aus Glas und ganz durchsichtig. Hinter dem Wunderwerk seiner Rinde, seiner Äste und Blätter sehe ich das, was der eigentliche Baum ist, es ist die Teilseele einer großen Seele, und alle Seelen sind irgendwie miteinander verbunden in der Kette der Dinge und harren auf eine Erlösung durch den älteren Bruder.«

»Ich möchte wie du den Weg des älteren Bruders gehen«, sagte der Einfältige, der ein Meister geworden war.

»Gehst du nicht auch diesen Weg, wenn du deine Bilder in der Seele schaust und sie gestaltest, so daß andere sie sehen können mit ihren irdischen Augen?« sagte Bruder Immanuel. »Rufst du nicht in anderen, die noch nicht wach sind, die Sehnsucht auf, die Erde zu entsühnen? Sehr verschieden, lieber Bruder, sind die Wege der älteren Brüder, aber sie alle leben in der Sehnsucht, die in den anderen noch schläft. Man muß sie erinnern an das, worin sie auch einmal waren, an eine schuldlose Erde, an eine Erde der Kinder, wie sie einst war und einmal wieder sein wird.«

»Wann und wie wird diese neue Erde entstehen?« fragte der Einfältige, der ein Meister geworden war.

»Eine Zeitlang ist nichts, wenn du es richtig bedenkst, lieber Bruder, und wo darüber entschieden wird, ist keine Zeit mehr. Geschaffen aber wird diese neue Erde aus dem Geist der Liebe in Sühne und in Sehnsucht. Dazu rufe auf, wir müssen wach sein, und wir müssen die rufen, die schlafen.«

»Ich weiß oft nicht, was ich schaffen soll«, sagte der andere. Es geschieht häufig, daß ein Meister das sagt. Nur die, welche keine Meister sind, sagen das niemals.

»Du mußt andere rufen und selber dem folgen, der dich ruft. Dein Rufer wird immer neben dir sein, wenn es an der Zeit ist. Gehe nun heim, lieber Bruder, und auf dem Heimweg wirst du jemand begegnen, dessen Bildnis gestalte! Wir finden immer, was wir suchen, wenn die Seele auf dem Heimweg ist.«

Da ging der Einfältige, der ein Meister geworden war, nach Hause, und im tiefen Walde begegnete er jemand, den gestaltete er. Es war ein Mensch von großer Güte, mit einem Lichtschein um ihn herum, und ihm zur Seite gingen ein Wolf und ein Lamm, und auf seiner Schulter saßen die Vögel des Waldes. So schuf der Einfältige, der ein Meister geworden war, das Bildnis des Heiligen von La Vernia. Es war dies die Krone seiner Werke.

Bruder Immanuel aber begab sich in seine Hütte und legte sich auf sein Lager. Das Eichhörnchen schlief schon in seinem Nest unter dem Kreuze des Erlösers. Eine dunkle Nacht hüllte Wald und Wiesen in ihre tiefen Schatten, und über der Hütte leuchteten die Sterne. Bruder Immanuel schlief nicht, er wachte und schaute durch ein kleines Fenster auf die Schrift der Sterne. Er hatte es nun gelernt, in der Schrift der Sterne zu lesen, und auch in dieser Schrift begegnete er dem Bildnis des Franziskus von Assisi. Es stand groß und deutlich darin in Lettern, die niemals vergehen werden.

Es war schon spät, da geschah es, daß an die Tür der Hütte geklopft wurde. Es war das noch nicht geschehen – wer sollte in dieser Waldeinsamkeit an die Türe klopfen? Es war unwahrscheinlich;

aber Bruder Immanuel stand auf von seinem Lager und öffnete. Vor ihm im Dunkel der Nacht stand wie ein riesiger Schatten eine große Bärin. Es hätte einen anderen wohl grauen können; aber Bruder Immanuel sah, daß die Bärin in Not war, denn sie führte ihr Kind an der Tatze, das krank war. »Ich habe gehört, daß du ein älterer Bruder bist«, sagte die Bärin sehr bescheiden, »mein Kind ist krank, vielleicht kannst du ihm helfen.«

Bruder Immanuel nahm das Bärenkind auf die Arme und bettete es sehr sorgfältig auf sein eigenes Lager. Der kleine Bär ließ sich ganz ohne Scheu und selbstverständlich aufnehmen, die Bärin folgte langsam und etwas mißtrauisch.

»Wir haben es mit einigen Kräutern versucht, die wir kennen«, sagte sie, »aber es hat diesmal nichts geholfen.«

»Man muß dazu noch andere Kräuter kennen, liebe Schwester«, sagte Bruder Immanuel sehr freundlich, »es ist etwas auch in euch von der Verwirrung in der Kette der Dinge, sonst würdet ihr nicht krank werden können. Auch das wird einmal nicht mehr sein.«

Das Eichhörnchen hatte sich knurrend und fauchend erhoben.

»Lieber Bruder«, sagte Bruder Immanuel zu ihm, »gehe und suche mir die Blume mit dem roten Kelch, die am Weg der Dornen blüht, und rufe die Hirschkuh, denn ich brauche etwas Milch, weil jemand krank ist.«

Das Eichhörnchen verschwand im Dunkel, und Bruder Immanuel deckte den kleinen Bären sorgsam zu.

»Dieses Heilkraut kennen wir nicht«, sagte die Bärin.

»Ihr werdet es auch kennenlernen im Wandel der Dinge. Es blüht am Wege, den die älteren Brüder gehen.«

Dann nahm er ein Brot, bestrich es mit Honig und bot es der Bärin an. Die Bärin beschnupperte es, aber sie war in Angst um ihr Kind und wollte nicht essen.

»Wir wollen es beide zusammen essen«, sagte Bruder Immanuel, »es ist nicht nur gut für dich, weil du hungrig vom Wege und erschöpft von der Sorge um dein Kind bist. Es ist auch sonst gut, wenn wir zusammen das Brot essen. Es ist dies kein gewöhnliches Essen, sondern etwas sehr Wunderbares, wenn wir beide zusammen das Brot brechen. Es ist für mich dann auch viel leichter, dein Kind zu heilen.«

Da nahm die Bärin das Brot, und sie aßen beide zusammen. Bruder Immanuel aber setzte sich neben das Lager des kleinen Bären und begann aus Holz eine einfache Kugel zu schnitzen.

»Ist das ein Zaubermittel?« fragte die Bärin und kroch mißtrauisch näher, um es sich anzusehen. Irgendwie spürte sie noch eine Sorge um ihr Kind.

»Das ist kein Heilmittel«, sagte Bruder Immanuel sehr freundlich, »das Heilmittel holt uns das Eichhörnchen, und es wird bald da sein. Dies hier ist etwas ganz Einfaches. Es wird eine Holzkugel werden, und dein Kind soll morgen früh damit spielen, wenn es aufwacht und wieder gesund ist.«

Da leckte ihm die Bärin die Hände, welche die Kugel schnitzten, und jetzt glaubte sie es, daß Bruder Immanuel ein älterer Bruder war.

Inzwischen war das Eichhörnchen zurückgekommen und hatte die rote Blume mitgebracht, die am Wege der Dornen wächst. Draußen vor der Hütte stand die Hirschkuh, und Bruder Immanuel trat zu ihr hinaus.

»Ich danke dir viele Male, daß du gekommen bist«, sagte er, »es ist für die Bärin und ihr Kind, wenn du deine Milch hergibst.«

»Für die Bären will ich nichts von meiner Milch geben«, sagte die Hirschkuh, »sie haben oft meinesgleichen gerissen im Walde.«

»Das ist wohl wahr«, sagte Bruder Immanuel, »aber siehst du, es ist ihr Kind, und es kann nicht gesund werden, wenn du ihm nicht etwas von deiner Milch schenkst. Nur diese Milch kann dem Kinde helfen, gerade weil die Bären dir Unrecht getan haben durch die Verwirrung in der Kette der Dinge. Du gehst den Weg des älteren Bruders, wenn du es tust. Ich gehe auch diesen Weg; sonst dürfte ich dich nicht darum bitten.«

Da gab die Hirschkuh von ihrer Milch, und Bruder Immanuel dankte ihr viele Male dafür. Denn es war viel mehr, was sie getan, als daß sie ihre Milch hergegeben hatte. Ein Glied hatte sich entwirrt in der Verwirrung der Kette der Dinge, und ein Schritt war getan auf dem großen Wege der Erlösung. Es war vielleicht nicht viel, was auf dieser Erde des Scheins geschah; aber in der Welt der geistigen Wirklichkeiten war es ein gewaltiges Ereignis. Bruder Immanuel tat die rote Blume, die am Wege der Dornen blühte, mit der Milch der Hirschkuh in eine Schale und reichte sie dem kleinen Bären. Das Bärenkind trank die Schale aus und schlief sehr tief ein. »Die Hirschkuh, deren ihr viele gerissen habt, liebe Schwester, hat dir diese Milch gegeben«, sagte Bruder Immanuel zu der Bärin. »Morgen ist dein Kind gesund.«

In der Seele der Bärin ging etwas vor, was sie noch nie erlebt hatte. Es war dies eine wunderbare Nacht. »Wir werden niemals wieder eine Hirschkuh oder eines ihrer Kälber reißen in diesem Walde«, sagte die Bärin, »ich werde das allen Bären sagen, und sie werden das einsehen.«

Das war wieder ein gewaltiges Ereignis in der Welt der geistigen Wirklichkeiten, wenn es auch nur ein Wort war in dieser Welt des Scheins.

»Du kannst jetzt schlafen«, sagte Bruder Immanuel zur Bärin, »ich werde bei deinem Kinde wachen.«

Da legte sich die Bärin zu seinen Füßen hin, atmete tief auf und schlief ein.

Am anderen Morgen erwachte sie und sah, daß ihr Kind in der Hütte umhertollte und mit einer hölzernen Kugel spielte. Dabei brummte es vor Vergnügen; denn die hölzerne Kugel war sehr schön.

Da bedankte sich die Bärin viele Male bei dem Eichhörnchen für die Mühe, die es gehabt, und bei Bruder Immanuel für das Wunder und die Heilung, die er vollbracht hatte.

»Ich allein kann keine Wunder tun und keine Heilung vollbringen«, sagte Bruder Immanuel, »aber siehst du, die Wunder und die Heilung liegen in euch selber. Und wenn dein Kind gesund wurde, so dankst du es dem Eichhörnchen, der Hirschkuh und dir. Ich kann nicht mehr tun als auf dem Wege des älteren Bruders vorangehen.« Da ahnte die Bärin, was geschehen war, und sie verabschiedete sich mit vielen Verneigungen von Bruder Immanuel und dem Eichhörnchen, und das Bärenkind tat dasselbe und gab die

Tatze zum Abschied. Mit der anderen Tatze aber hielt es die Kugel aus Holz, und die nahm es mit, um weiter damit zu spielen. Es war freilich nur ein Spielzeug; aber es war ein Spielzeug, das ein älterer Bruder geschnitzt hatte.

So schloß sich wieder ein Ring in der Kette der Dinge. In diesem Walde wurde nie wieder eine Hirschkuh oder ein Hirschkalb gerissen, und wenn Bruder Immanuel durch den Wald ging, dann grüßten ihn alle Raubtiere schon von weitem. Die Bärin verneigte sich, die Wölfe und Füchse bellten leise und höflich und die Wildkatzen schnurrten, wenn sie ihn sahen.

Er aber segnete sie alle mit dem Segen des älteren Bruders, und er besprach mit ihnen, daß auf dem Berge, auf dem seine Hütte stand, kein Tier dem anderen etwas tun dürfe.

Noch war die Kette der Dinge nicht entwirrt, und noch mußte es geschehen, daß einer den anderen riß zur Nahrung.

Aber auf diesem Berge sollte es nicht mehr geschehen, und die Tiere versprachen alle, es so zu halten, und sie taten es auch.

So hatten die Tiere erfaßt, was Asylrecht ist, und dies war ein großes Ereignis auf der Erde und ein noch größeres Ereignis in der Welt der geistigen Wirklichkeiten, und es war das größte der großen Ereignisse aus dieser wunderbaren Nacht.

Die irdene und die kristallene Schale

Es war nicht so, daß Bruder Immanuel nur mit den Tieren des Waldes allein lebte; es war auch nicht so, daß er keine menschliche Seele sah außer dem Einfältigen, der ein Meister geworden war. Gewiß wäre er auch dann nicht allein gewesen. Aber es war doch noch anders, und so ist es immer, wenn jemand den Weg des älteren Bruders geht. Bruder Immanuel sah mit den inneren Augen, die sich ihm geöffnet hatten, nicht nur die Seelen der Tiere und die Kräfte der Pflanzen und Dinge, es geschah auch oft, daß er mit diesen inneren Augen Gestalten erblickte, die neben ihm hergingen oder sich im Frieden seiner Hütte neben ihn setzten und mit ihm redeten, bei Tage und bei Nacht. Es waren dies ältere Brüder, die vor ihm seinen Weg gewandert waren und die gleichen Wege bereiteten auf dem anderen Ufer dieser Welt. Es bauen ja Tote und Lebende an den Brücken zum Lande der Verheißung und gießen die Seele der Erde in immer neue Formen. Die Menschen, die in einem Körper gefangen sind, haben es nur vergessen, daß sie vom anderen Ufer der Welt kamen und wieder zu diesem anderen Ufer gelangen, wenn der Tod sie in seinem Nachen über den dunklen Strom führt. Das ist gewiß sehr wesentlich, so wie die Menschen heutzutage geartet sind, aber es braucht gar nicht so wesentlich zu sein. Es ist eine kristallene Schale in einer irdenen. Ein Leib aus groben Stoffen, der einem feineren Leib die irdene Schale war, bleibt zurück, und das ist alles. Man selbst lebt weiter in der kristallenen Schale; aber diesen feineren Leib hatte man auch, als man noch in der irdenen Schale war, nur achtet man nicht darauf, weil man nur auf die irdene Schale achtet. Im Schlafe wissen das die Menschen, weil sie dann ihre irdene Schale verlassen und vor ihr stehen in ihrem feineren Leibe, und sie wandern oft weit fort von ihrer irdenen Schale, die nur wie mit einem dünnen silbernen Bande mit ihnen verbunden bleibt. Im Tode löst sich auch dieses Band, weil die irdene Schale nicht mehr brauchbar ist und man sie nicht mehr benötigt in der anderen Stofflichkeit des anderen Ufers. Aber ist das sehr wesentlich? Man lebt in der kristallenen Schale weiter, in der man immer lebte, auch als die irdene sie noch umschloß. Es ist eigentlich sehr einfach, und die Menschen merken es nur nicht, wie einfach es ist, weil ihre irdene Schale zu dick und zu grob ist und sie alles vergessen, wenn sie wieder in ihre irdene Schale hineintauchen. Es ist darum auch sehr wichtig, daß man seine irdene Schale feiner gestaltet, so daß man noch einiges in sie mitnimmt von einem lichteren Bewußtsein, wenn man vom anderen Ufer kommt. Denn es soll ja die irdene Schale die kristallene nur tragen, aber nicht verdunkeln, und die kristallene soll die irdene Schale durchlichten. Es ist dies ein Geheimnis aus dieser und jener Welt, und man kann Leben und Tod nicht verstehen, wenn man dieses nicht versteht.

In solchen feineren Leibern des anderen Ufers saßen die älteren Brüder, die über den Strom geschifft waren, neben Bruder Immanuel und redeten mit ihm über die Wege der älteren Brüder und über das Land der Verheißung. Es war dazwischen auch so, daß Bruder Immanuel seine irdene Schale im Schlafe verließ und in seiner kristallenen Schale die älteren Brüder auf dem anderen Ufer besuchte, wenn er sie sprechen wollte. Er hatte dann nur darauf zu achten, daß das silberne Band nicht riß, das ihn mit seiner irdenen Schale verband und das sich über den dunklen Strom spannte. Aber wer sollte das wohl zerreißen, denn Bruder Immanuel lebte ja ferne von den Menschen, die so etwas mit plumpen Händen greifen, und an seiner irdenen Schale in der Hütte wachte das Eichhörnchen und wartete geduldig, bis er wiederkam. Der dunkle Strom ist ja auch nichts als ein kleiner Bach für die, welche den Weg des älteren Bruders wandern, und es ist nicht weit für sie von diesem Ufer zu jenem.

Ich muß das sagen, damit man nicht denkt, das Leben Bruder Immanuels sei einsam gewesen und weltferne. Es war nur das Unwesentliche, was ferne gerückt war, und das Wesentliche war nahe.

Es geschah nun, als Bruder Immanuel einmal vor seiner Hütte mit den Gestalten seiner älteren Brüder vom anderen Ufer saß und über das Wesen der Dinge redete, daß sich ein großer Lärm im Walde erhob und viele Tiere angstvoll dem Berge zueilten, auf dessen Gipfel Bruder Immanuels Hütte stand.

»Es muß sich etwas sehr Schreckliches ereignet haben«, sagte das Eichhörnchen, das schon wach war, obwohl es um die erste Morgenstunde war. Aber es war sehr lernbegierig und hörte gerne zu, wenn die älteren Brüder redeten. Sie waren auch immer alle so sehr freundlich zu ihm. Auf die Hütte zu kam mit lautlosen Flügelschlägen eine große Ohreule geflogen und setzte sich auf Bruder Immanuels Schoß.

»Es ist ein König mit vielen Menschen, Pferden und Hunden im Walde eingefallen zu einer großen Jagd. Sie führen schreckliche Spieße mit sich, und alle Tiere fliehen entsetzt zu deiner Hütte. Aber der Weg ist zu weit, und sie haben auch ihre Kleinen mit sich, die sie nicht im Stich lassen können, und so werden sie sich nicht retten können, wenn du ihnen nicht hilfst. Ich bin gekommen, um Hilfe zu bitten, denn ich bin die einzige, die in der Dunkelheit so schnell fliegen kann.«

Die Ohreule war erschöpft, und ihre Schwingen zitterten. Da bat Bruder Immanuel seine älteren Brüder vom anderen Ufer, und sie machten es, daß ein dicker grauer Nebel den König mit all seinen Menschen, Pferden und Hunden einhüllte. Über den Tieren des Waldes aber ging die Sonne auf und zeigte ihnen den Weg. Die Ohreule schloß geblendet die Augen, und Bruder Immanuel brachte sie in seine Hütte, damit sie sich ausruhen und am Tage schlafen könne.

»Schicke die Vögel aus den Nestern deiner Hütte aus«, sagten die älteren Brüder, »daß sie allen Tieren des Waldes sagen, sie mögen unbesorgt sein, der Nebel um den König und sein Gefolge wird nicht weichen, bis du es nicht willst, Menschen und Pferde werden nicht weiter eindringen und die Hunde werden keine Spur finden können.«

Da flogen die Vögel aus in alle Richtungen des Waldes und waren froh, daß sie Frieden verkünden konnten.

»Warte bis zur Nacht«, sagten die älteren Brüder, »dann gehe hin und rede mit dem König! Er ist ein Tor, und er soll ein Weiser werden.«

»Wann muß ich ausgehen, damit ich zurechtkomme?« fragte Bruder Immanuel, »wie viele Stunden Weges ist es von hier?«

»Es ist gleich, wie weit es ist«, sagten die älteren Brüder, »gehe in deiner kristallenen Schale, wenn deine irdene Schale schläft, und wir werden bei dir sein und dich geleiten.«

Mit diesen Worten gingen sie zum anderen Ufer, Bruder Immanuel aber begab sich in seine Hütte, reichte der Ohreule und dem Eichhörnchen ihr Essen, und sie warteten auf die Nacht.

Als die ersten Sterne am Himmel standen, legte sich Bruder Immanuel auf sein Lager und verließ seinen grobstofflichen Leib, mühelos, wie man ein Kleid ablegt. In seinem feinstofflichen Leibe aber stand er, seltsam durchlichtet, vor dem Eichhörnchen und der Eule und schlug das Kreuz am Bildnis des Erlösers vor seiner Wanderung.

»Bleibe bei meiner irdenen Schale in der Hütte, lieber Bruder«, sagte er zu dem Eichhörnchen, »für dich ist dieser Weg zu weit. Aber meine Schwester, die Eule, ist das Fliegen gewohnt, sie kann mich begleiten.«

Mit beinahe lautlosen Schwingenschlägen glitt die Eule ins Dunkel der Nacht, und noch lautloser, noch wesenloser im Irdischen glitt die Gestalt Bruder Immanuels neben ihr hin, und es gab für sie keine Hindernisse, keine Bäume und keine Äste. Sie war von einem Stoff, der durch alles hindurchdringt, was nicht vom anderen Ufer ist. Es ist dies sehr schwer einem Menschen zu beschreiben, der nur im Bewußtsein seiner irdenen Schale lebt, aber es ist dem so, und man muß es sagen, weil es wahr ist.

Im Jagdlager des Königs hatte niemand einen Schritt machen können den ganzen Tag über, weil man nichts mehr sah im dicken grauen Nebel, und alle waren mürrisch und verdrossen schlafen gegangen. Nur der König wachte und starrte finster in ein kleines Lagerfeuer vor seinem Zelt. Es ärgerte ihn, daß etwas stärker war als er und daß ihm sein Vergnügen gestört wurde.

Bruder Immanuel glitt vor ihn hin, und die Eule setzte sich auf das Dach der Königszeltes, denn sie wollte alles hören, was gesprochen wurde, um es nachher den Tieren des Waldes zu erzählen. Es war sehr sonderbar, aber auch die Hunde merkten nicht, daß jemand gekommen war. Vielleicht hatten sie es auch bemerkt, aber sie schlugen nicht an, weil sie ahnten, daß es etwas vom anderen Ufer war. Die Tiere sind oft klüger als die Menschen.

»Du mußt diesen Wald verlassen, lieber Bruder«, sagte Bruder Immanuel zum König, »denn du bist hergekommen, um zu töten.«

Der König sah erschrocken auf. Es war sonderbar, daß plötzlich ein fremder Mann vor ihm stand und daß seine Wachen ihn durchgelassen hatten. Noch sonderbarer war es, daß dieser Mann anders aussah als alle anderen, denn es war, als wäre sein Körper durchlichtet. Den König packte ein Grauen an; aber er besann sich, daß er König war und Herr dieses ganzen Gebietes.

»Ich bin nicht dein Bruder«, sagte er, »ich bin der König dieses Waldes. Schere dich fort, hier hat niemand zu gebieten als ich allein.«

Er wollte die Wachen rufen, aber er konnte es nicht.

»Du bist noch nicht mein Bruder«, sagte Bruder Immanuel, »aber ich habe dich aus Güte so genannt, weil du es einmal sein wirst, früher oder später, je nachdem du es willst. Aber einmal wirst du es sein müssen, und es ist gut für dich, wenn es zeitig geschieht. Der König dieses Waldes aber bist nicht du, Gott ist der König dieses Waldes, und er hat ihn seinen Tieren geschenkt.«

»Du bist selber ein Tier!« schrie der König wütend und griff nach seinem Speer.

»Ich bin der Bruder der Tiere und gehe den Weg des älteren Bruders, den auch du einmal wirst gehen müssen. Laß deinen Speer stecken, es ist sehr töricht, damit nach mir zu stoßen, denn ich bin nicht in meiner irdenen Schale, wie du es bist.«

»Ich weiß nicht, wer du bist, und will es nicht wissen«, sagte der König, »geh fort von mir, du bist mir unheimlich, geh fort von mir, ich gebiete es dir, ich bin der König.«

»Das Gebot eines Königs, der kein geistiger König ist, ist etwas Lächerliches in der Welt vom anderen Ufer«, sagte Bruder Immanuel. Er sagte das still und freundlich, wie man eine Tatsache feststellt. Es war kein Angriff in dieser Rede, und unwillkürlich mußte der König schweigen, denn er wußte nicht, was er antworten sollte.

»Siehst du, lieber Bruder«, fuhr Bruder Immanuel fort und setzte sich neben den König, »es ist so, daß man viele Tausende von Jahren zurückgehen muß, wenn man einen Schritt vorwärts tun will. Ich will dich zurückführen.« Und er legte ihm die Hand auf die

Augen, so daß des Königs irdische Augen sich schlossen und seine inneren Augen zu schauen begannen.

»Siehst du die vielen Tausende von Jahren zurück, und vor Gott sind sie wie ein Tag? Alle Menschen wandeln durch viele irdische Leben und alle Geschöpfe mit ihnen, die verkettet sind in der Kette der Dinge. Du sagst, daß du ein König bist. Ich glaube das nicht, denn du bist kein König im Land vom anderen Ufer. In deinem vorigen irdischen Leben warst du der Diener eines Großen und wolltest gerne selber ein Großer werden. Im Lande vom anderen Ufer warst du ein Bettler mit diesem Wunsche; aber der Wunsch wurde dir erfüllt, und du wurdest nach deiner Wiedergeburt ein König unter den Menschen. Denn die Menschen wählen sich heute noch ihre Könige nicht unter den geistigen Königen, sondern meist unter den Toren, weil sie selber Toren sind. Meinst du, es ist etwas Großes, unter den Toren der größte zu sein? Die Engel, die dich leiteten und dich gewähren ließen, dachten, du würdest vielleicht noch ein König werden, wenn deine Hände eine Aufgabe ergreifen, die du dir gewünscht hast. Aber du hast nur befehlen und töten gelernt. Niemand, der befiehlt und tötet, ist ein König. Du bist ein Diener geblieben, ein Diener einer dunklen Macht, die du zu töricht bist zu erkennen. Du wärest auch nie ein König geworden auf dieser Erde, wenn die Menschen es nicht doch verdienten, dich zum Könige zu haben. Bist du noch stolz, ein König zu sein?« Der König sah das, was Bruder Immanuel sah. Denn er sah das Leben mit seinen inneren Augen.

»Ich sehe, daß ich ein Bettler bin und kein König«, sagte er. »Ich will diesen Wald verlassen, sobald der Nebel wieder weicht.«

»Der Nebel wird weichen, wenn du es willst. Es ist nicht der Nebel des Waldes, der sich um euch gelegt hat. Meine älteren Brüder spannten diesen Nebel um euch aus euren eigenen Gedanken.«

»Was soll ich tun?« fragte der König, der ein Bettler war. »Töte niemals wieder«, sagte Bruder Immanuel, »keinen Menschen und kein Tier! Heilige alles Leben, denn das allein ist Königtum. Gehe den Weg des älteren Bruders, wie ich ihn gegangen bin, denn herrschen darf nur, wer auch im kleinsten Geschöpf den Bruder achtet.«

»Und wenn ich wie ein Heiliger lebe, ich muß Kriege führen, solange ich ein König bin«, sagte der König.

»Es braucht niemand zu kriegen, der weise ist«, sagte Bruder Immanuel, »es ist so, daß nicht die Könige den Krieg führen, sondern der Krieg führt die Könige. Es ist ein Narrenseil voll Blut. Laß dich nicht vom Krieg führen, und du wirst keinen Krieg zu führen brauchen, weder mit den Menschen noch mit den Tieren. Es ist so vieles vermeidbar dem, dessen kristallene Schale rein ist. Siehe, du lebst im Bewußtsein deiner irdenen Schale und sie verdeckt dir das Land vom anderen Ufer und die Weisheit dieser und jener Welt. Ich habe diese irdene Schale abgelegt, und ich bin bei dir in meiner kristallenen Schale. Lebe so, daß deine irdene Schale sich verfeinert und daß du dich selber schaust in deiner kristallenen Schale! Diese kristallene Schale aber mache so frei von aller Begierde, so rein und so klar, daß alles Licht vom anderen Ufer sich in sie ergießen kann! Denn dieses Licht ergießt sich in alle Schalen, die ihm bereitet sind. Dann wirst du ein geistiger König sein, und kein irdischer König kann einen geistigen König besiegen. Halte deine kristallene Schale bereit in Sühne, Sehnsucht und Liebe, denn es ist die Schale des Grals, die jeder in sich trägt, den Gott geschaffen.«

Lautlos, wie er gekommen war, verschwand Bruder Immanuel im Dunkel der Nacht, und die Eule folgte ihm. Ebenso lautlos glitt er wieder in seine irdene Schale in der Hütte und legte sich zur Ruhe, und das Eichhörnchen schlief in seinem Arm.

»Ich werde den Weg des älteren Bruders gehen«, sagte der König, der ein Bettler gewesen war, und als er das gesagt hatte, schwand der Nebel, und die Morgensonne kam. Ihre Strahlen fielen in eine kristallene Schale, die klar und rein geworden war und bereitet in Sühne, Sehnsucht und Liebe für den Gral. Der König aber war nun kein Bettler mehr, sondern er war wirklich ein König geworden.

Die Menschen schwiegen, die Hifthörner klangen nicht, und die Hunde bellten nicht, als der König mit seinem Jagdgefolge nach Hause zog. Den Wald aber hat niemand mehr betreten, der töten wollte, seit jenem Tage. Der König jagte nicht mehr, und er führte auch keine Kriege, denn es war so, daß der Krieg ihn nicht mehr führen konnte, seit er ein geistiger König war und seit er die Schale des Grals wissentlich in sich trug.

Die Eule aber erzählte es im ganzen Walde, was sie gehört und gesehen hatte, und sie galt seitdem als der weiseste Vogel unter den

Tieren des Waldes. Denn sie redete von Sühne, Sehnsucht und Liebe und vom Geheimnis, das Tod und Leben umfaßt, von der irdenen und von der kristallenen Schale.

Gottes Gäste

Es ist eine schwere Zeit für die Tiere, wenn der Schnee fällt und die Wunder des Waldes in den Schoß der Erde zurücksinken. Viele Vögel ziehen fort, weil sie eine solche Kälte nicht ertragen können, und viele Tiere verkriechen sich in ihre Höhlen und Nester, um den Winterschlaf zu halten und auf der Schwelle zwischen dieser und jener Welt zu warten, bis sich die Keime des Lebens wieder zu regen beginnen. Diese Tiere haben es leichter als die anderen. Es gibt aber auch viele, die den Kampf mit dem Winter aufnehmen. Es muß wohl seinen Grund haben, daß sie es tun; vielleicht ist es eine Aufgabe im geheimnisvollen Lauf der Dinge.

Bruder Immanuel half ihnen mit den geringen Mitteln, die er hatte; aber er konnte nicht immer allen helfen, und es war dies ein sehr bedrückendes Bewußtsein für ihn.

Noch bedrückender empfand er diese Armut den jüngeren Brüdern gegenüber, als Weihnachten herannahte. Er sah es deutlich, daß Weihnachten kam; denn er sah mit seinen inneren Augen, wie die Erde in ihren Tiefen immer leuchtender wurde, als strahlten die vielen in sie versenkten Keime kleine Flammen aus und verbänden sich gegenseitig in ihren vielfältigen Formen zu einer Schrift des künftigen Lebens, das um Ostern erwachen sollte. Auch in den Bäumen, die im eisigen Sturmwind standen, war dieses innere Leuchten, und es war eigentlich so, daß der ganze Wald ein Meer von kleinen Lichtern war, obwohl das alles in Eis und Schnee wie in eine Decke des Todes verhüllt war. Aber der Tod ist ja überall nur etwas Scheinbares. So nahm das innere Licht der Erde von Tag zu Tag zu und die heilige Nacht rückte immer näher.

Bruder Immanuel hatte reichlich Samen, den er gezogen, für die Vögel zurechtgelegt, Kohl und Rüben für die Hirsche, Rehe und Hasen, und Nüsse und getrocknete Pilze für die Eichhörnchen und andere Nager. Für die Raubtiere und für die Fische im Bach hatte er Brot bereitgestellt, das ihm der Einfältige, der ein Meister geworden war, zu dieser Zeit häufiger als sonst gebracht hatte. Aber Bruder Immanuel fragte sich, ob es für alle genügen würde, die er zur Weihnacht zu Gast bitten wollte. Denn es war ärmlich, wenn man bedachte, wie viele Tiere des Waldes kommen würden, wenn er sie rief. Jedenfalls beschloß er, alles herzugeben, was er hatte, und das Eichhörnchen hatte fleißig geholfen, die Vorräte zusammenzustellen, so daß es hübsch und gefällig aussah und man gleich sehen konnte, daß es kein gewöhnlicher Tisch, sondern eine Feiertafel der Weihnacht war. Sonst hatte das Eichhörnchen bis zu diesen Tagen der Vorbereitung viel geschlafen; denn es vertrug den Winter auch nicht sonderlich gut. Nur zwischendurch stand es auf, rieb sich die Augen mit den Pfoten, verspeiste eine Nuß oder einen getrockneten Pilz oder warf einige Äste in das Feuer, das Bruder Immanuel ständig unterhielt. Bruder Immanuel aber war schon lange vor Weihnacht in den Wald hinausgegangen und hatte allen Tieren, denen er begegnete, gesagt, daß er seine jüngeren Brüder einlade, Weihnacht mit ihm zu feiern, und die Tiere hatten sich vielmals bedankt und es hatte es einer dem anderen weitergesagt.

Am Nachmittage vor der Heiligen Nacht fachte Bruder Immanuel das Feuer in seiner Hütte an und öffnete die Tür in die weiße weite Schneelandschaft hinaus, so daß ein zuckendes Flammenspiel über sie hinlief. Die Tür hatte er mit Tannengrün bekränzt, und vor der Hütte hatte er alle seine Vorräte ausgebreitet. Vor dem Bildnis des Erlösers aber brannte eine geweihte Kerze, die der Einfältige, der ein Meister geworden war, zu diesem Zwecke mitgebracht hatte. Das Eichhörnchen saß davor und sah andachtsvoll in die ruhige stille Flamme. Bruder Immanuel aber läutete die Glocke mit der feinen, silbernen Stimme und rief die Tiere des Waldes zur Feier ihrer und seiner Weihnacht.

Als die Tiere die Glocke hörten, kamen sie in großen Scharen an und versammelten sich auf dem Gipfel des Berges, und Bruder Immanuel bat sie zu essen. Es sei dies alles was er habe, und sie mögen das Brot mit ihm brechen zur Weihnacht des Waldes. Nachher wolle er ihnen dann vom Wunder der Weihnacht erzählen.

»Wir bedanken uns viele Male«, sagten einige Tiere für sich und alle anderen, »aber wir wollen dein Brot nicht essen. Wie sollst du sonst leben? Dazu sind wir nicht gekommen. Aber wir wollen gerne hören, wenn du uns das Wunder der Weihnacht erklärst. Wir fühlen das alle, wenn es über den Wald kommt, aber wir sind wohl noch zu jung, um es zu verstehen. Oder vielleicht ist es auch nur darum, daß es uns niemand erklärt hat. Es muß dies wohl auch ein älterer Bruder tun, denn es ist gewiß sehr schwer.«

»Das Wunder der Weihnacht ist nicht schwer«, sagte Bruder Immanuel, »es ist nur schwer für jene, die es nicht verstehen wollen, und die meisten Menschen wollen das nicht. Denn die Menschen feiern ihre Weihnacht, indem sie unzählige Gottesgeschöpfe töten. Diese Gottesgeschöpfe aber sind ihre Geschwister. So ist es eine entweihte Nacht und keine Weihnacht. Die Menschen sind ferne von der Weihnacht, weil sie ferne von der Liebe sind, und doch müssen sie zuerst in der Weihnacht und in der Liebe vorangehen, denn sie sind die älteren Brüder. Es ist aber nicht so, daß ihr mein Brot nicht essen sollt. Ich habe es dazu für euch gesammelt, und es werden viele von euch sehr hungrig sein. Es ist meine Weihnacht, daß ihr meine Gäste seid, und es ist meine und eure Weihnacht, wenn wir das Brot zusammen essen.«

Da fingen die Tiere an zu essen. Bruder Immanuel aber sah, daß es nicht reichen würde, denn viele von den Tieren waren sehr hungrig und ihre Zahl war sehr groß. Da wandte er sich an das Bild des Erlösers mit der geweihten Kerze davor und sagte:»Ich bitte dich, daß meine Geschwister satt werden, wenn sie mit mir das Fest deiner Weihnacht feiern.«

Es begann schon zu dunkeln, aber mit einem Male wurde es ganz hell auf dem Berge. Zwei große Engel standen zu beiden Seiten der Hütte, und der Schnee und das Eis begann zu schmelzen, denn die Engel hatten die heißen Quellen gerufen, die unter dem Berge flossen, daß sie heraufkämen und die Erde erwärmten. Über die schneebefreite Erde aber streckten beide Engel die Hände aus, und da wuchsen Gras und Blumen und viele andere Pflanzen aus dem Boden hervor, auch solche, die sonst niemals hier gewachsen waren, so daß der Berg grün war wie im Frühling und die Tiere überreich hatten, ihren Hunger zu stillen. Auch die Raubtiere aßen davon und wurden satt, und es schmeckte ihnen so gut, wie sie sich das niemals gedacht hätten, denn es war Weihnacht, und alle Geschöpfe, die sich zu ihr bekannten, waren wieder Kinder geworden, wie es einstmals war und wie es wieder einmal sein wird im Lande der Verheißung, wenn die Erde entsühnt ist. Die Engel aber gingen zwischen den Tieren umher und redeten mit ihnen, wie man mit seinen jüngeren Geschwistern redet. Sie sagten den Tieren, daß sie auch ihnen einmal die Geburt des Erlösers verkündet hätten, als der Stern über Bethlehem stand. Und es war den Tieren, als erinnerten sie sich an etwas, was sie vergessen hatten, was sie im Grunde ihrer Seele gewußt hatten und was sich nur verwirrt hatte durch die Verwirrung in der Kette der Dinge. Die Erde aber blühte mitten aus dem Winter heraus, und die beiden Ufer der Welt berührten sich. Auch die Erde hat ihre irdene und ihre kristallene Schale, und es war, als wäre diese kristallene Schale durch die irdene hindurchgedrungen und habe sie durchlichtet mit der Liebe zu allen Geschöpfen – und es wird dies auch einmal so sein, wenn alle den Weg des älteren Bruders gegangen sind.

Als alle Tiere satt waren, setzte sich Bruder Immanuel zu ihnen, und das Eichhörnchen kletterte auf seine Schulter. Er aber erzählte den Tieren vom Wunder der Weihnacht, als die Liebe in die Erde geboren wurde, um sie immer mehr und mehr zu durchlichten, und er erzählte, daß dieses geschah, als ein König geboren wurde in einer ärmlichen Krippe und in einem Stalle, und die Tiere hätten dabeigestanden und den König in der Krippe gesehen. Über dem König aber und den Tieren habe der Stern von Bethlehem geleuchtet. Da verstanden die Tiere, daß dies der wirkliche König der Erde sein müsse, weil keine Krone, sondern ein Stern über seiner Wiege gestanden. Es ist dies ein Geheimnis der Schöpfung, und doch ist es so einfach zu verstehen wie das Wunder der Liebe.

»Es ist dies der einzige Weg zur Erlösung«, sagte Bruder Immanuel, »daß alle älteren Brüder den jüngeren Brüdern vorangehen in Sühne, Sehnsucht und Liebe. Es hat auch der König, der nicht unter einer Krone, sondern unter einem Stern geboren wurde, zu den Menschen gesagt, daß sie hinausgehen mögen in alle Welt, zu predigen das Evangelium aller Kreatur; aber die Menschen waren nicht guten Willens, und sie sind es heute noch nicht. Es war dies das Licht, das in der Finsternis schien, aber die Finsternis hat es nicht begriffen. Die Menschen sind den Menschen und den Tieren nicht ältere Brüder geworden, sondern Tyrannen und Mörder, und darum tragen sie das Zeichen Kains auf ihrer Stirne, und alle Geschöpfe Gottes fliehen, wenn sie Gottes Ebenbild sehen. Darum habt auch ihr mich geflohen, weil ich nicht war wie der Heilige von La Vernia und weil ich das Kainszeichen der Menschheit auf meiner Stirne trage. Glaubt es mir, liebe jüngere Brüder, es ist entsetzlich, ein Mensch zu sein, wenn man den Weg der Liebe wandeln will und wenn man es voller Grauen begreift, daß man ein Gezeichneter ist in Gottes Schöpfung.«

»Wir sehen kein Zeichen mehr an deiner Stirne«, sagten die Tiere. »Es ist nicht mehr so, daß du ein Kainszeichen trägst.«

Da barg Bruder Immanuel das Gesicht in den Händen und weinte, zum ersten Male seit jenem traurigen Abend, als er auf diesem Berge angekommen war. Aber es waren dies andere Tränen als an jenem Abend der Einsamkeit, und die Engel stellten sich neben ihn und schlossen ihre Schwingen über ihm und über dem Eichhörnchen, das sein erster Bruder geworden war.

Es war dies die Weihnacht Bruder Immanuels und seiner Brüder, der Tiere. Als die Tiere sich verabschiedeten, traten sie eines nach dem anderen zu Bruder Immanuel hin. Die Vögel setzten sich auf seine Hand, die Hirsche und Rehe verneigten sich und die Fische grüßten im Bach, und die Wölfe, die Wildkatzen, die Füchse, die Hasen, die Eichhörnchen und alle anderen gaben ihm die Pfote, so wie der Wolf von Agobbio dem heiligen Franziskus von Assisi die Pfote gegeben hatte, als er ihm sein Gelübde ablegte.

»Wir danken dir viele Male für alles, was du uns gesagt hast«, sagten die Tiere, »und wir bedanken uns auch bei den Engeln und bei dir für alles, womit ihr unseren Hunger gestillt habt. Es ist sehr viel, was heute geschehen ist, und es sind auch viele unter uns, die den Weg des älteren Bruders gehen wollen, soweit als dieses heute möglich sein wird in der Verwirrung der Kette der Dinge.«

»Ich habe euch zu Gast haben wollen, und es ist für mich etwas sehr Heiliges gewesen, dies zu tun«, sagte Bruder Immanuel, »aber ich selbst habe das größte Geschenk dabei empfangen. Es ist auch so, daß ihr nicht meine Gäste wart, sondern ihr seid Gottes Gäste gewesen, denn er selbst hat euch an seinen Tisch der Liebe geladen.«

Der Berg, auf dem Bruder Immanuels Hütte stand, blieb immer grün seit jener Heiligen Nacht, Winter und Sommer, und es war kein Schnee und kein Eis mehr auf ihm zu sehen im Wandel der

Jahre, so daß alle Tiere, die auf ihm Asylrecht gelobt hatten, ihre Nahrung fanden und nicht zu darben brauchten.

Es war, als wäre ein Stück Erde entsühnt und eine Brücke auf ihm erbaut worden hinüber zum Lande der Verheißung.

Die Tiere aber vergaßen es niemals wieder, daß Bruder Immanuel sie zu dieser Weihnacht des Waldes gebeten hatte, daß die Engel mit ihnen geredet hatten und daß sie Gottes Gäste gewesen waren.

Das Land der Verheißung

Es ist nun nicht mehr viel zu erzählen von dieser Geschichte; denn es ist ja auch nur eines ihrer vielen Kleider, in das ich sie gekleidet habe. Es ist gewiß eine sehr einfache Geschichte; aber gerade darum ist sie ohne Zeit. Sie hat sich schon viele Male begeben vor vielen hundert Jahren, sie geschah gestern und sie geschieht heute, und sie wird noch viele Male geschehen müssen, denn es ist ein langer Weg, bis die Erde entsühnt ist. Ich kann es auch nicht sagen, wie lange Bruder Immanuel mit seinem Eichhörnchen und den anderen Tieren zusammen in diesem wunderbaren Wald gelebt hat. Man könnte auch vielleicht denken, daß das Eichhörnchen nach dem Laufe der Dinge hätte eher sterben müssen als sein älterer Bruder. Aber das ist nicht richtig, und es mag sein, daß Bruder Immanuels irdisches Leben verkürzt oder das irdische Leben des Eichhörnchens verlängert wurde. Das alles ist unwesentlich, und in der Welt der geistigen Wirklichkeit stehen nur die wesentlichen Dinge verzeichnet. Aus dieser Welt habe ich sie abgelesen – wo auch sonst hätte ich sie lesen können? In der Welt des anderen Ufers aber waren das ganz große Ereignisse, wenn es hier auch nur eine unscheinbare und sehr einfache Geschichte ist. Denn es ist so, daß die großen Ereignisse immer hinter den Dingen liegen. Ich kann es auch nicht sagen, in wie langer Zeit sich diese Ereignisse, die ich erzählt habe, begeben haben. Sie geschahen ja eigentlich im Reiche der geistigen Wirklichkeiten, und dort gibt es nicht das, was wir die Zeit nennen. Denn die Zeit ist etwas Unwesentliches für den, der außer ihr lebt. Es ist dies vielleicht schwer zu verstehen; aber ich muß das alles so sagen, weil es wahr ist.

So geschah es einmal – und ich weiß nicht, wann das geschah – , daß Bruder Immanuels Engel zu ihm trat. Es war dies sein Schutzengel, wie ihn ein jeder hat für seine irdische Wanderung.

»Bruder Immanuel«, sagte er sehr freundlich, »du mußt dich nun bereiten, den silbernen Faden zwischen deiner irdenen und deiner kristallenen Schale zu lösen und an das andere Ufer zu kommen, um dort den Weg der älteren Brüder weiterzubauen.«

»Das will ich gerne tun«, sagte Bruder Immanuel, »aber ich möchte meinen jüngeren Bruder nicht allein lassen, denn er hat sich nun ganz gewöhnt, seinen irdischen Pfad mit mir zusammen zu wandern, und er ist mir ein so guter Bruder gewesen, wie es nicht viele gibt.«

»Wir haben das bedacht«, sagte der Engel, »es kommen alle Geschöpfe, die Gott schuf, ans andere Ufer in ihrer kristallenen Schale. Du brauchst deinen kleinen Bruder nur auf den Arm zu nehmen, wenn wir dich zur Reise rufen.«

»Wir werden nun bald zusammen über eine Brücke gehen, mein kleiner Bruder«, sagte Bruder Immanuel zum Eichhörnchen, »es ist dies nicht wesentlich, und ich werde dich auf dem Arm tragen, so daß du es gar nicht merken wirst, ob es ein kurzer oder ein weiter Weg ist. In dem Lande aber, in das wir kommen, wirst du erkennen, was wesentlich ist und daß alles, was hier wesentlich war, geblieben ist, als habe sich nichts verändert.«

Und als der Einfältige, der ein Meister geworden war, ihn besuchte, sprach er zu ihm:»Es ist dies das letzte Mal, mein lieber Bruder, daß wir auf diesem Ufer zusammen sind. Du mußt nun nicht mehr kommen; sondern wenn du mich sehen willst, so rufe mich, bevor du einschläfst, so daß wir uns in unserer kristallenen Schale begegnen können!«

»Das wird für mich sehr schwer sein«, sagte der Einfältige, der ein Meister geworden war, »denn ich bin nicht so weit wie du auf dem Wege, den wir beide wandern.«

»Siehst du, es ist niemand weit oder nahe«, sagte Bruder Immanuel, »denn das Ziel ist zeitlos, wenn du es recht bedenkst. Wir wandern ja beide den Weg des älteren Bruders auf diesem und auf jenem Ufer, und dieser Weg ist ein vielfältiger für viele Geschöpfe, so daß niemand sagen kann, was nahe und was weit ist. Du aber mußt hier noch viele Werke schaffen, auch wenn ich jetzt gehe.«

»Es wird für mich eine traurige Zeit werden, bis ich auch gehen darf«, sagte der Einfältige, der ein Meister geworden war.

»Das mußt du nicht denken«, sagte Bruder Immanuel, »eine Zeitlang ist wenig, wenn du es recht bedenkst, vielleicht ist es gar nichts. Es ist ja auch so, daß sich die Kette der Dinge immer mehr entwirrt. Gott segne deinen Weg, lieber Bruder, denn es ist der Weg des älteren Bruders auf diesem und auf jenem Ufer.«

Und Bruder Immanuel nahm Abschied von dem Einfältigen, der ein Meister geworden war. Es war dies am Abend eines Tages und eines Lebens. Aber der Abend eines Lebens ist nicht mehr als der Abend eines Tages, und es ist auch nur auf diesem Ufer, daß es Abend wird.

Am anderen Morgen, als die Sonne aufging, trat Bruder Immanuels Engel wieder zu ihm. »Du mußt nun ans andere Ufer kommen«, sagte er freundlich.

Da legte sich Bruder Immanuel auf sein Lager in der Hütte und nahm das Eichhörnchen in den Arm. Es war sehr sonderbar. Die Züge seines Engels veränderten sich, sie wurden bleich und ernst, seine Schwingen wurden schwarz und sein Gewand dunkel. Es war, als habe der Todesengel ihn abgelöst und stünde nun an seiner Stelle. Leise lockerte sich der silberne Faden zwischen der irdenen und der kristallenen Schale. Dann wandelten sich die Züge des Todesengels in die Züge des Erlösers am Kreuze, die Schwingen wurden golden und das Gewand weiß und durchsichtig wie durchlichteter Schnee. Da löste sich der silberne Faden zwischen der irdenen und der kristallenen Schale. Es war um die Osterzeit, als dies geschah. Ich kann es nicht sagen, ob es gerade am Ostersonntag war. In der Hütte Bruder Immanuels aber war es Ostersonntag geworden.

Die Vögel, die auf dem Dach der Hütte nisteten, trugen die Kunde von Bruder Immanuels Tode zu den Tieren des Waldes, und es war eine große Trauer unter ihnen, daß ihr älterer Bruder von ihnen gegangen war. Denn sie waren die jüngeren Brüder, und noch lebten sie ja im Bewußtsein dieses Ufers. Aber in solcher Trauer ist die Erkenntnis des anderen Ufers, und darum muß sie sein auf dieser Welt, bis sich einmal beide Ufer vereinigen.

In unabsehbaren Scharen kamen die Tiere des Waldes auf den Berg gewandert, auf dem Bruder Immanuels Hütte stand. Eines nach dem anderen traten sie in die Tür der Hütte und betrachteten Bruder Immanuels irdene Schale, die friedvoll mit dem Eichhörnchen auf dem Arme dalag, das Bildnis des Erlösers über sich. Es war ganz still, und die Morgensonne malte goldene Zeichen an den Wänden.

Auch die Tiere waren still, und es störte keiner den anderen. Nur zwei große Bären klagten laut, als sie in die Tür der Hütte traten, und die Tränen liefen ihnen über die Schnauze. Es waren dies eine Bärin und ihr Sohn. Der Sohn der Bärin war kein Bärenkind mehr wie damals, sondern er war stark und gewaltig geworden und noch höher als seine Mutter, wenn er aufrecht stand. Eine hölzerne Kugel aber hielt er in der Tatze, obwohl er kein Bärenkind mehr war. Nur spielte er heute nicht mehr damit.

Ich kann nicht erzählen, welche Tiere alle vor Bruder Immanuels Hütte kamen, es wäre zuviel, sie alle aufzuzählen, und es ist auch nicht wesentlich. Wesentlich war nur, daß sie alle sich vereint fühlten als jüngere Brüder vor diesem Totenbett. Das aber war ein wirkliches und großes Ereignis, und das ist nicht immer so, wenn jemand stirbt.

»Wir wollen unserem älteren Bruder ein Grab graben«, sagte der Bär und ließ die hölzerne Kugel vorsichtig ins Gras gleiten, wie man ein Heiligtum hinlegt.

Dann gruben die Bärin und ihr Sohn ein Grab für Bruder Immanuel und sein Eichhörnchen in der Hütte. Sie legten beide sorgsam hinein, schütteten Erde darüber und bedeckten sie mit Blumen.

Noch eine kleine Weile standen die Tiere vor dem Grabe ihres älteren Bruders. Dann wandten sie sich traurig, um in den Wald zurückzugehen, jeder allein zu seiner Behausung. Und es war eine große Verlassenheit in ihnen allen.

Wie sie sich aber umwandten, sahen sie, daß Bruder Immanuel mitten unter ihnen stand, mit dem Eichhörnchen auf dem Arm.

»Es ist nicht so, daß ich von euch gegangen bin, liebe Brüder«, sagte er, »es ist nur so, daß ich meine irdene Schale abgelegt habe, und ich stehe vor euch in meiner kristallenen Schale. Es ist dies das große Geheimnis des Daseins, das Tod und Leben umfaßt, so wie es die Eule euch erzählt hat, denn sie hat es gesehen. Es ist ein großes Geheimnis, aber es ist sehr einfach. Ich muß nun auf dem anderen Ufer die Wege der älteren Brüder bereiten helfen, aber ich gehe nicht fort von euch, denn ich will jeden Tag zu euch kommen und nach euch sehen, und es wird niemand von euch allein sein. Es sind immer ältere Brüder um die jüngeren; denn es ist dies der Weg der Erlösung in Sühne, Sehnsucht und Liebe.«

Da begriffen die Tiere die große Gemeinsamkeit, die alle Geschöpfe Gottes vereinigt, und sie waren sehr dankbar, daß sie das gesehen hatten. Sie verstanden auch, daß niemand allein bleibt, der eines guten Willens ist, und daß auch das kleinste Geschöpf einen Begleiter hat auf seiner unscheinbaren Wanderung. Da wich die große Verlassenheit von ihnen, und sie gingen nach Hause.

Um Bruder Immanuels Hütte rankten sich wilde Rosen und hüllten sie ein in einen Mantel von Blüten. So blieb sie der Tempel eines Stückes der Erde, das entsühnt war. Franziskus von Assisi aber führte einen Menschenbruder und einen Tierbruder über die Brücke zum anderen Ufer.

Diese Geschichte hat sich schon viele Male begeben vor vielen tausend und vielen hundert Jahren, sie geschah gestern und sie geschieht heute und sie wird noch viele Male geschehen müssen, bis das Kainszeichen der Menschheit getilgt ist und sich die Kette der Dinge entwirrt. Viele wanderten den Weg des älteren Bruders für seine jüngeren Brüder, viele wandern ihn heute und es werden ihn noch sehr viele wandern. Es ist ein Weg voll Dornen in Sühne, Sehnsucht und Liebe, und über ihm steht der Stern von Bethlehem. Aber erst wenn alle ihn wandern, wird die Erde entsühnt sein, und ihre beiden Ufer werden sich vereinigen zum Lande der Verheißung.

Über tredition

Eigenes Buch veröffentlichen

tredition wurde 2006 in Hamburg gegründet und hat seither mehrere tausend Buchtitel veröffentlicht. Autoren veröffentlichen in wenigen leichten Schritten gedruckte Bücher, e-Books und audio-Books. tredition hat das Ziel, die beste und fairste Veröffentlichungsmöglichkeit für Autoren zu bieten.

tredition wurde mit der Erkenntnis gegründet, dass nur etwa jedes 200. bei Verlagen eingereichte Manuskript veröffentlicht wird. Dabei hat jedes Buch seinen Markt, also seine Leser. tredition sorgt dafür, dass für jedes Buch die Leserschaft auch erreicht wird.

Im einzigartigen Literatur-Netzwerk von tredition bieten zahlreiche Literatur-Partner (das sind Lektoren, Übersetzer, Hörbuchsprecher und Illustratoren) ihre Dienstleistung an, um Manuskripte zu verbessern oder die Vielfalt zu erhöhen. Autoren vereinbaren direkt mit den Literatur-Partnern die Konditionen ihrer Zusammenarbeit und partizipieren gemeinsam am Erfolg des Buches.

Das gesamte Verlagsprogramm von tredition ist bei allen stationären Buchhandlungen und Online-Buchhändlern wie z. B. Amazon erhältlich. e-Books stehen bei den führenden Online-Portalen (z. B. iBookstore von Apple oder Kindle von Amazon) zum Verkauf.

Einfach leicht ein Buch veröffentlichen: **www.tredition.de**

Eigene Buchreihe oder eigenen Verlag gründen

Seit 2009 bietet tredition sein Verlagskonzept auch als sogenanntes "White-Label" an. Das bedeutet, dass andere Unternehmen, Institutionen und Personen risikofrei und unkompliziert selbst zum Herausgeber von Büchern und Buchreihen unter eigener Marke werden können. tredition übernimmt dabei das komplette Herstellungs- und Distributionsrisiko.

Zahlreiche Zeitschriften-, Zeitungs- und Buchverlage, Universitäten, Forschungseinrichtungen u.v.m. nutzen diese Dienstleistung von tredition, um unter eigener Marke ohne Risiko Bücher zu verlegen.

Alle Informationen im Internet: **www.tredition.de/fuer-verlage**

tredition wurde mit mehreren Innovationspreisen ausgezeichnet, u. a. mit dem Webfuture Award und dem Innovationspreis der Buch Digitale.

tredition ist Mitglied im Börsenverein des Deutschen Buchhandels.

Dieses Werk elektronisch lesen

Dieses Werk ist Teil der Gutenberg-DE Edition DVD. Diese enthält das komplette Archiv des Projekt Gutenberg-DE. Die DVD ist im Internet erhältlich auf **http://gutenbergshop.abc.de**